KB102203

인생 2회 차, 축구의 신

인생 2회 차, 축구의 신 3

백린 현대 판타지 소설

초판 1쇄 찍은 날 § 2019년 9월 18일
초판 1쇄 펴낸 날 § 2019년 9월 25일

지은이 § 백린
펴낸이 § 서경석

총괄팀장 § 노종아
편집책임 § 강민구
디자인 § 소소연

펴낸곳 § 도서출판 청어람
등록번호 § 제387-1999-000006호
등록일자 § 1999. 5. 31
어람번호 § 제1-3046호

주소 § 경기도 부천시 부일로 483번길 40 서경B/D 3F (우) 14640
전화 § 032-656-4452 팩스 § 032-656-4453
http://www.chungeoram.com
E-mail § chungeorambook@daum.net

ISBN 979-11-04-92056-1 04810
ISBN 979-11-04-92040-0 (세트)

백린 현대 판타지 소설

MODERN
FANTASTIC
STORY

3

인생 2회 차,

축구의 신

TIME FOR
VICTORY
We are One!!
Be STRONG
Let's PLAY
We are One!!
Let's start
GO!

인생 2회 차,

축구의 신

Contents

1
KFA

민혁은 반 니스텔루이에 대한 기대를 버렸다. 몇 달이나 지났는데도 답장이 없다는 건, 아예 편지를 읽지 않았다거나 편지의 내용을 무시하고 있다는 뜻일 터였다.

"괜찮아, 기대 같은 거 안 했으니까."

모아시르는 민혁에게 햄버거를 건네주며 말했다. 퇴근길에 받아 온 빅맥이었다.

민혁은 건네받은 빅맥을 한입 베어 물다 미간을 좁혔다. 맛이 없어도 너무 없었다.

'무슨 소금을 찍어 발랐나…….'

빅맥은 짰다. 도대체가 이놈의 영국인들은 적당히라는 단어를 모르는 것 같았다. 당장 방금 베어 문 빅맥도 그랬고, 눈 앞에 있는 감자튀김도 거의 타버린 것처럼 검은 데다가 소금도 듬뿍 뿌려져 있었다. 마치 신안에 있는 염전에 감자를 담갔다 꺼내기라도 한 것 같은 모습이었다.

식욕을 잃은 민혁은 빅맥을 내려놓았다. 도저히 먹고 싶은 생각이 안 들었다.

잠시 딴생각을 하던 모아시르는 간만에 에이전트다운 말을 꺼냈다.

"참, 학교는 어때?"

"그냥 그래요."

민혁은 성의 없이 답했다.

학교는 한국이나 일본과 별로 다를 게 없었다. 굳이 문제를 찾자면 수업이 영어로 진행된다는 것과 인종차별자들이 있다는 게 문제였지만, 그 두 가지 문제는 금세 해결되었다. 영어야 계속 쓰다 보니 익숙해졌고, 민혁에게 시비를 걸던 인종차별자들도 잠잠해졌기 때문이었다.

'뭐, 다들 때려눕혀 버렸으니까.'

민혁은 석 달 전 있었던 일을 떠올렸다. 동양인이라는 이유로 시비를 걸어오던 백인 학생들을 때려눕힌 사건이었다.

시비를 건 사람들은 이스트런던 외곽에 사는 백인 하층민의 자녀들이었다. 평소 흑인들을 비롯한 유색인종들을 괴롭혀 우월감을 얻던 그들은 새로 온 민혁에게 눈길을 주었고,

민혁이 시험에서 상위권의 성적을 받자 열등감이 폭발해 괴롭힘을 시작했다.

하지만 회귀 전 고등학교에서 유도를 배웠던 민혁을 당해낼 사람은 없었다. 과거로 돌아온 후엔 유도장 근처에도 안 갔던 민혁이지만 기술에 대한 기억은 머릿속에 남아 있었으며, 평소 운동으로 단련된 몸은 유도의 기술을 충실히 재현해 주었다.

그리고 그것은 학교의 불량아들이 민혁을 더 이상 건드리지 않게 되는 결과를 낳았다. 아직 신비주의적 오리엔탈리즘이 남아 있는 시대라 그런지, 그들은 민혁을 동양에서 온 권법가 정도로 생각하고 있는 모양이었다.

그것은 퍽 우스운 광경이었지만, 어쨌거나 자신을 건드리지 않으면 그걸로 좋았다.

하기야 이상하게 생각할 일도 아니었다. 그들의 입장에선 머리 하나만큼 작은 민혁이 자신들을 가볍게 던져 버리는 걸 납득하기 힘들었을 테니, 자연스레 동방의 신비 같은 생각을 할 수밖에 없었으리라.

“다행이네.”

“뭐가요?”

“여기 인종차별 좀 있잖아.”

“좀 있는 게 아니라 심한 편이죠.”

“그런데 괜찮아?”

"괜찮아요."

민혁은 어깨를 으쓱했다. 자세한 내용을 전부 다 말할 필요는 없었다.

모아시르는 민혁의 표정을 살피며 고개를 끄덕였다. 정말 별다른 걱정이 없는 듯한 표정이었다.

"근데 한국에선 연락 없어?"

"무슨 연락요?"

"그야 대표 팀이지. 너 방송도 나갔다며."

민혁은 인상을 구겼다. 그 방송 생각만 해도 치가 떨릴 지경이었다.

하지만 그 표정은 이내 다른 것으로 뒤바뀌었다. 그런 방송까지 나갔는데도 축구협회에서 아무 연락도 없는 건 납득하기 힘들었다.

회귀 전의 시간대로는 2003년 즈음의 일이긴 했지만, 웨스트햄 유스에 한국인이 있다는 이유만으로 난리가 났던 게 한국이 아닌가.

'게다가 항공사 광고까지 찍었지…….'

거기엔 2002년 월드컵 4강의 영향도 있었다. 우리도 축구 강국이 될 수 있다는 꿈에 부풀어 있던 대한민국 사회는 2002 멤버들의 뒤를 이을 선수들을 찾느라 혈안이 되었고, 그 와중 들려온 해외 유스에 대한 이야기는 화제가 되기에 충분한 일이었다.

그걸 생각하면 지금 민혁에게 연락이 없는 것도 납득이 되지 않는 건 아니었다. 외국 물 먹었다면 호들갑을 떠는 건 그때보다 지금이 한층 더 심했지만, 대한민국 축구에 대한 관심이 그때만큼 크지 않은 지금이니 대충 넘어가고 말 가능성도 있었다.

그래도 연락조차 없는 건 직무유기 아닐까.

'유소년 발굴하라고 있는 게 축구협회일 텐데.'

민혁은 왠지 머릿속이 복잡해졌다. KBC 휴먼 히스토리만 생각하면 이가 갈리는 한편, 그런 방송이 나갔는데도 연락이 없는 축구협회에 대한 불만이 동시에 느껴졌기 때문이었다.

고민하던 민혁은 퉁명스레 말했다.

"아, 몰라요. 때 되면 알아서 연락 오겠죠."

* * *

"아무리 그래도 너무 어립니다. 84년생을 17세 이하 대표 팀에 뽑으라뇨."

"그렇지?"

대화를 나누는 두 사람은 찌푸려진 표정으로 창밖을 보았다. 윗선에서 내려온 지시가 문제였다.

정확히 말하면 '뽑아라'가 아니라 '고려해 봐라'였지만, 그런 선택지를 추가해야 한다는 것만으로도 불편해지는 상황이었다.

"지금 대표 팀 몇 년생이지?"

"80년이랑 81년생이 대부분이죠. 79년생은 내년 대회에 못 나가니까요."

젊은 남자는 머리가 벗겨진 중년의 사내를 보며 어깨를 으쓱했다. 그가 말하는 대회는 AFC U-16 축구 선수권이었고, 축구협회는 작년의 참패를 만회하기 위해 조직력 강화에 주력하고 있었다.

"83년생이면 그래도 어떻게든 욱여넣을 수 있어. 근데 84년생이면 문제가 크단 말이야."

"잘해도 문제 못해도 문제죠."

젊은 남자의 말에, 사내는 인상을 쓰며 고개를 끄덕였다. 조직력 강화를 최우선으로 하는 지금 특별 대우를 받는 선수를 집어넣기엔 무리가 있었다.

"근데 걔 잘하는 건 맞을까요?"

"못하지는 않을 거야. 12살 때 일본 애들 사이에서 득점왕 먹었다며."

"에이, 일본 놈들이 하는 게 어디 축군가요. 공차기지."

"그래도 한 살 많은 놈들 사이에서 득점왕 먹었으면 대단한 거지. 게다가 성인 팀은 몰라도 어린애들은 일본이 만만치 않아. 당장 지난번 대회에서도 우리가 졌잖아."

젊은 남자는 인상을 구겼다. 작년에 자신이 코치로 있던 대한민국 17세 이하 대표 팀이 일본에게 패배해 대회 탈락이 유력해졌던 상황이 떠오른 탓이었다.

"그건 그냥 운이 없어서죠."

"운도 실력이야."

사내는 왼손에 턱을 괴고 중얼거렸다.

"아무튼 나이가 너무 어려. 걔 뽑으면 다른 애들이 가만히 있겠어?"

"뽑힌 애들은 그래도 낫죠. 못 뽑힌 애들이랑 걔들 감독에 학부모들이 아주 난리를 칠 겁니다. TV 한 번 나왔다고 뽑는 게 말이 되냐면서 전화질에 시위까지 하겠죠."

"그거 참 골치 아프지."

사내는 무한한 동감을 표했다. 실력도 없는 놈들 부모가 난리 치는 게 하루 이틀 일은 아니지만, 이놈의 축구판이라는 게 학맥과 지연에 얽혀 있다 보니 마냥 무시하기도 껄끄러웠다.

"역시 곤란해. 두 살이나 어린놈을 덜컥 넣었다간 아주 난리가 날 게 뻔하니까."

그들은 민혁이 아스날에서 이미 월반을 했다는 건 고려하지 않고 있었다. 유교문화에서 비롯되었다고 우기지만, 사실은 군대문화에 뿌리를 두고 있는 '연공서열'이라는 놈 때문이었다.

"뭐, 두 살 차이면 실력도 차이가 크겠죠. 아무래도 피지컬 차이가 크니까."

"그건 그런데……."

"왜요?"

대머리 사내는 머리를 벅벅 긁고는 짜증스레 말했다.

"지난번 방송 때문에 여론이 좀 만만치 않아. 일단 뽑아놓고 테스트하는 척이라도 해야 할 것 같다니까."

"여론이고 뭐고 조금 지나면 잠잠해질 겁니다. 방송 그거 두 달만 지나도 효과 떨어지는 거 아시잖습니까."

"그거 벌써 지났어. 마지막 3편 나온 게 벌써 반년 전이야."

사내는 인상을 썼다. 슬슬 잠잠해질 때가 된 것 같은데 아직도 난리를 치는 사람들이 있음에 불편해진 탓이었다.

"하여튼 방송하는 놈들이 문제라니까."

"그럼 그냥 소집만 해보고 돌려보내는 건 어떨까요? 불러봤더니 아직 어려서 적응을 못 하더라 이러면 되잖습니까?"

"흠……."

사내는 팔짱을 끼고 목을 움직여 천장을 보았다. 복잡한 머리를 비우고 싶을 때 취하는 버릇이었다.

그가 그렇게 머릿속을 비우고 있을 때, 생각을 정리하던 젊은 남자가 말했다.

"그럼 제가 한번 만나보고 오겠습니다."

"장 코치가?"

"네, 잘하면 다다음 번 대표 팀 후보 목록에 넣고, 못하면 못해서 안 뽑았다고 하면 되죠."

"다다음 번이면 이번에 보러 갈 이유가 없잖아?"

"언론플레이 좀 하려는 거죠. 보고 왔는데 아직은 미흡하더라 이렇게요."

사내는 두 손을 마주쳤다. 묘안이라고 할 것까지는 아니지만 쓸 만한 생각임은 분명해 보였다.

"그럼 부탁 좀 할게."

"근데 말이죠."

"뭐야?"

젊은 남자는 비굴한 표정으로 입을 열었다.

"쓰시는 김에 휴가도 조금만……."

"……"

* * *

'헛소리 집어치우고 일이나 똑바로 해!'

대한민국 청소년대표팀 코치 장준우는 며칠 전 들은 호통을 떠올리며 미간을 좁혔다. 이왕 외국으로 보내는 김에 며칠 쉬면서 관광이나 하라고 이삼일 더 주면 좋았겠지만, 대표 팀 감독인 정성화는 그렇게 생각하지 않는 모양이었다.

"쯧. 그러니까 머리가 벗겨지지."

그는 정성화 감독의 앞에서는 못 할 말을 입에 담았다. 만약 그의 면전이었다면 슬리퍼로 안면을 맞았겠지만, 없는 데선 나라님도 욕한다는데 감독 욕을 못 할 게 뭐란 말인가.

한참을 투덜대던 그는 하이버리로 향했다. 전화로 잡은 약속 시간이 거의 다 되어 있었다.

얼마 후. 그는 전화로 약속을 잡은 사람을 만날 수 있었다.

"안녕하세요. 대한민국 청소년대표팀 코치 장준우입니다."

"아스날 유소년 총괄 리엄 브래디입니다. 윤을 보러 오셨다고요?"

"윤? 아… 네. 맞습니다."

"불러 드릴까요?"

장준우는 잠깐 생각하다 고개를 저었다. 굳이 자신이 왔다는 걸 알리고 싶지 않았다.

"아뇨. 일단 제가 왔다는 건 그 애에겐 비밀로 해주십시오. 괜히 실망하게 하기 싫으니까요."

"실망하실 일은 없을 것 같은데요."

"혹시 또 모르잖습니까. 저 때문에 부담 가져서 경기를 망쳐 버릴지도요."

"그렇군요."

리엄 브래디는 장준우의 이야기를 수긍했다. 아직 성장 중인 유소년들은 작은 부담감에도 삐끗해 버릴 수 있는 일이다.

"여기… 아스날에서는 그 애를 높게 보는 모양이군요."

"네. 앞으로 어떻게 될지는 모르겠지만, 현재까지는 아스날 1군 입성은 충분히 가능하다고 판단하고 있습니다."

장준우는 살짝 심각한 표정을 지었다. 그 정도로 잘하는 아이라면 반드시 뽑아야 할지도 모르는 일이었다.

하지만 팀의 조직력을 생각한다면 절대로 발탁해선 안 될 일이다.

'그래, 일단 내 눈으로 확인이나 해보자.'

그는 복잡해졌던 머릿속을 깔끔히 정리했다. 남의 말만 듣고서 판단을 할 수는 없었다. 최소한 어느 정도 수준인지는 자기 눈으로 보고 판단해야 하는 것이다.

장준우는 브래디를 바라보며 질문을 던졌다.

"그 애는 어디에 있죠?"

* * *

"흠……."

장준우는 아스날 16세 이하 팀과 에버튼 16세 이하 팀의 경기를 보며 콧등을 긁었다. 잉글랜드에서 손꼽히는 명문 팀 산하의 유스들이 겨루는 경기라기에 한껏 기대를 하고 입장했지만, 기대한 것에 비해 경기력은 썩 좋지 않았다.

"하긴. 유소년 경기니까 그런 거겠지."

그는 납득이 되는 답을 찾아 중얼거렸다. 하지만 실망스러움은 좀처럼 지워지지 않았다.

잉글랜드 최고의 명문 팀은 리그 18회에 챔피언스리그 4회를 우승한 리버풀이었고, 그다음 가는 팀은 리그 11회 우승에 챔피언스리그 1회와 유러피언 컵 위너스 컵(European Cup Winners' Cup) 우승 경력이 있는 맨체스터 유나이티드였다.

그다음이 리그 10회 우승 경력이 있는 아스날, 그리고 리그 9회 우승 경력이 있는 에버튼임을 생각해 보면, 아무리 유스 경기라지만 이 정도 경기력이 나온다는 건 실망하지 않기가 힘든 일이다.

"근데 걔는 안 보이네."

그는 시선을 열심히 움직여 민혁을 찾았다. 하지만 그라운드엔 동양인이 보이지 않았다.

하기야 뛰어난 실력을 가진 선수가 아닌 이상에야 매 경기에 나설 수는 없는 일이니, 어쩌면 오늘 경기 명단에서 빠졌을지도 모르는 일이었다.

'헛수고한 건가…….'

고민하던 장준우는 스며드는 생각을 지웠다. 그래도 아스날 유소년 총괄 감독이 칭찬한 선수인데 교체로라도 나오지 않겠나 싶어서였다.

하지만 경기가 거의 끝나가도록 동양인 선수의 모습은 보이지 않았다. 이대로라면 경기에 나서더라도 플레이를 확인할 만한 시간이 부족했다.

"헛걸음했군."

장준우는 자리에서 일어났다. 시간이 더 지난 후에 나온다면 플레이를 봐도 별로 의미가 없었다. 누구라도 한두 번 정도는 놀라운 볼 터치를 보일 수 있는 일이고, 거기에 속았다가 바보가 되어버린 감독이나 코치는 차고 넘쳤다.

"아무래도 감독님한테는……."

"어, 나온다! 나온다!"

막 경기장을 떠나려던 그는 푸른색 옷을 입은 남자의 말을 듣고는 고개를 돌렸다.

아스날과 에버튼, 양쪽 진영에선 한 명씩 교체선수를 준비하고 있었다. 에버튼 쪽의 교체선수는 누군지 알 수 없지만, 아스날의 교체선수가 민혁이라는 건 어렵지 않게 알 수 있었다.

장준우는 눈을 빛내며 자리에 앉았다.

* * *

"윤, 몸 풀어."

필 버트의 지시를 받은 민혁은 조끼를 벗고 몸을 풀었다. 겨우 10분 남짓한 교체 출장이지만 부상의 위험을 생각하면 최대한 예열을 해두는 게 좋았다.

예열을 마친 민혁은 필 버트에게 다가갔다. 필 버트는 곧바로 대기심에게 다가가 교체를 알렸다. 중앙미드필더로 뛰고 있는 도니엘이란 선수와의 교체였다.

때마침 에버튼도 선수교체를 준비하고 있었다.

"어, 어라?"

막 경기장으로 들어서려던 민혁은 상대 팀인 에버튼의 교체선수를 보고는 당황을 금치 못했다.

'루니잖아!'

생각지도 못한 모습에 당황한 민혁은 입을 벌렸다. 벌써 루니를 만나게 될 줄은 몰랐다. 웨인 루니는 세 달이 더 있어야 12살이 되는 시기였기 때문이었다.

하지만 루니가 16세 이하 팀에서 뛰는 건 이상할 게 없었다.

그는 지난 시즌 에버튼 12세 이하 팀에서 29경기 114골이라는 괴물 같은 기록을 세워 월반한 후였고, 16세 이하 팀에서도 순조롭게 적응을 하고 있었다.

아직은 체력적인 문제로 민혁처럼 교체 멤버로 활용되는 수준이었지만, 몇 년 만 지나도 16세 이하 팀의 에이스가 될 건 분명한 일이었다.

민혁이 회귀하기 전의 흐름도 그랬다. 웨인 루니는 겨우 15세의 나이에 18세 이하 팀으로 월반을 하고, 만 16세가 되자마자 에버튼 1군으로 승격한 괴물이었다. 어쩌면 지금 16세 이하 팀에서 뛰는 게 과소평가일지도 모르는 일이다.

"오, 나오나 본데?"

장준우는 작게 중얼거리며 그라운드로 들어오는 민혁을 보왔다.

민혁은 루니와 함께 필드로 들어갔다. 민혁은 중앙미드필더 자리로 들어갔고, 루니는 그 전까지 뛰던 최전방공격수의 자리를 꿰찼다. 간간이 맞붙게 된다는 이야기였다.

"근데 쟨 뭐지?"

장준우는 루니를 보고는 고개를 갸웃했다. 민혁도 어린 수준이지만 저 선수는 민혁보다 더 어려 보였다. 마의 16세가 오기 전의 웨인 루니인지라 원래의 나이보다 오히려 어려 보인 탓이었다.

'벌써 루니랑 상대하게 되다니.'

민혁은 조용히 중얼거렸다. 잉글랜드에서 뛰는 이상 언젠가 만나게 될 건 분명했지만, 그건 1군에 진입한 후일 거라고 생각하던 민혁으로서는 당황스러운 상황이었다.

하지만 언제까지고 당황하고 있을 수는 없는 일.

민혁은 호흡을 내쉬어 스스로를 진정시킨 후 경기에 집중했다.

"윤! 여기!"

아스날의 최전방을 맡은 보스로이드는 계속해서 패스를 요구했다. 민혁은 그를 무시한 채 레온 브리튼에게 공을 보냈다. 에버튼의 수비가 만만치 않아, 전방으로 패스를 넣기엔 상황이 좋지 않았다.

"패스 달라니까!"

보스로이드는 아래로 내려오며 외쳤다. 민혁과 브리튼으로서는 짜증이 나는 반응이었다.

"좀 더 움직이면서 달라고 해!"

"뭐?"

"패스 길이 안 나온다고!"

브리튼은 짜증을 내며 공을 뒤로 돌렸다. 에버튼의 수비가 너무 단단했다.

에버튼 16세 이하 팀엔 레온 오스만과 토니 히버트도 뛰고 있었다. 둘 다 에버튼의 주축이 되는 선수였지만, 그들의 어린 시절 사진을 보지 못한 민혁으로서는 그들이 경기에 뛰고 있다는 사실을 알지 못했다.

때문에 민혁은 이상할 정도로 단단한 에버튼의 수비에 혀를 내두르며 공만 돌렸다. 아무리 보아도 파고들 틈이 없어 보였다.

그것은 브리튼을 비롯한 다른 선수들도 다르지 않았다.

그러던 순간, 아스날 투톱 중 하나인 그레이엄 배럿의 패스가 에버튼 수비에게 끊겨 버렸다.

"웨인!"

패스를 받은 오스만은 전방으로 공을 날렸다. 정확성 없는 롱패스였지만, 그는 그런 패스를 날리고도 아무 문제도 느끼지 못했다. 전방에 있는 선수의 실력을 알기 때문이었다.

에버튼의 최전방에 있던 루니는 공을 따라 달렸다.

루니는 빨랐다. 그리고 피지컬도 부족하지 않았다. 자신보다 세 살이나 많은 아스날의 수비를 몸싸움으로 이겨낸 그는 공을 잡자마자 골문을 향해 달려들었고, 골키퍼가 각도를 좁히기 위해 나오는 순간 반박자 빠른 슛으로 공을 골대 안에 집어넣었다. 눈으로 보고도 믿기 힘들 정도의 타이밍이었다.

민혁은 생각했다.

회귀 전, 프로 출신의 동호회 회원에게 들은 평가는 완전히 잘못되어 있었다.

'내가 무슨 루니급이야……'

그는 무력감마저 느끼며 루니를 보았다. 쉽사리 골을 넣어서인지 좋아하는 기색도 보이지 않고 있는 루니의 뒤편으로는 후광마저 비치고 있는 것 같았다.

하기야 재능만 놓고 보면 호날두나 메시 이상일 거라던 루니였으니, 이 정도 포스는 보여줘야 이치에 맞았다.

입을 벌린 채 감탄하던 민혁은 문득 한 가지 사실을 깨달았다.

'잠깐, 이런 재능을 가지고 호날두에게 밀렸다고?'

이 무렵의 호날두는 스포르팅 리스본 유스 팀에 적응하지 못하고 빌빌댈 때였다. 실력보다는 적응의 문제였지만, 어쨌거나 지금의 루니와 비교하면 아무것도 아니라는 이야기였다.

하지만 호날두는 신계라는 평가를 받았고, 루니는 인간계 최강이라는 소리도 듣지 못했다.

그렇다면 자신이 루니를 꺾지 못할 이유도 없었다.

죽을 만큼 노력을 해야 한다는 단서가 붙긴 하지만 말이다.

"뭐, 저런 괴물 같은 자식이 있지?"

"괜찮아. 노력하면 잡을 수 있어."

민혁은 패배감을 지우며 말했다. 그때까지도 놀라움을 감추지 못했던 레온 브리튼은 민혁의 말을 듣고는 고개를 끄덕이다, 다시 공을 잡고 달려드는 루니를 보고는 혀를 내둘렀다. 눈 깜짝할 사이에 자신을 지나쳐 골문으로 향하고 있었던 것이다.

"저걸 노력해서 잡는다고?"

브리튼은 또 골을 넣은 루니를 보고 질려 버렸다. 자신들 역시 천재라 불리는 사람들이지만, 그 위에 있는 또 다른 천재를 보자 자기도 모르게 고개가 저어졌다.

"저걸?"

"왜?"

"…아니다."

그는 고개를 젓고는 자리로 돌아갔다. 저런 모습을 보고도 기가 꺾이지 않은 민혁이 부럽다는 생각도 조금은 들고 있었다.

하지만 판세는 이미 기울어져 있었다. 비록 루니의 활약은 거기서 그쳤지만, 기가 질려 버린 아스날 16세 팀은 루니를 견제하느라 제대로 된 플레이를 하지 못했다.

반면 에버튼 16세 팀은 루니로 인해 생긴 공간을 파고들며 자신들의 플레이를 이어나갔고, 결국 추가골까지 만들어낼 수 있었다.

그로부터 2분이 지난 후.

경기는 에버튼의 승리로 막을 내렸다.

* * *

장준우는 카페 벽면에 걸린 공중전화를 붙잡고 있었다. 한국에 있는 정성화 감독과의 통화였다.

"네, 더 어려 보이는 애한테도 밀리더라고요."

엄밀히 말해서 밀린 건 아니었다. 민혁은 루니를 상대하는 포지션이 아니라 아스날의 공격을 열어주는 엔진의 역할을 부여받았고, 아스날의 기세가 죽어버린 후에도 제몫은 톡톡히 치러내었다. 비록 제이 보스로이드가 패스를 전부 날려먹는 바람에 승리를 거두진 못했지만, 보스로이드가 조금만 침착했더라면 최소한 동점을 만들 수 있는 기회를 창출해 낸 것이 민혁이었다.

하지만 장준우에겐 그것이 보이지 않았다. 루니의 활약에 모든 정신을 빼긴 게 원인이었다.

—그럼 못한다는 거야?

"아뇨. 못하지는 않는데, 반드시 뽑아야 할 정도도 아닌 것 같아요."

—그래?

"네, 대충 보니까 영국 애들도 한 명 빼면 그렇게 축구를 잘하는 것 같지도 않고……."

—한 명? 누군데?

"아, 잠깐만요. 동전 좀 넣을게요."

장준우는 눈물을 삼켰다. 국제전화라 그런지 금액 줄어드는 속도가 상상을 초월했다. 박봉을 받는 그로서는 눈물이 핑 도는 현상이었다.

그는 동전을 넣자마자 말을 이었다.

"에버튼 팬한테 물어보니까 웨인 루니인가 뭔가 하는 이름이라는데, 진짜 86년 마라도나 보는 느낌이더라고요. 걔는 분명히 뜹니다."

—인마, 영국 애들 잘하는 게 무슨 상관이야? 우리 애들이 잘해야지!

장준우는 정성화의 호통에 목을 움츠렸다. 전화를 통해 듣는데도 쩌렁쩌렁 울리는 고함이었다.

"아무튼 언론에서 떠드는 건 막을 수 있을 것 같아요. 기자 한 명 불러서 이렇게 쓰라고 하면……."

—어떻게?

"대한민국 청소년 축구대표 팀 코치 장준우가 현지에서 확인한 결과, 민혁이란 아이는 아직 대표 팀에 뽑힐 만한 실력을 갖추지 못했다는 결론이 나왔다. 런던에서 열린 에버튼과의 유소년 경기에서 더 어린 선수도 제대로 막지 못했는데 나이 많은 형들을 어떻게 막겠나……. 뭐, 이런 식으로요."

—근데 진짜 더 어린 거 맞아?

"일단 보기엔 어려 보였어요. 서양 애들은 늙어 보이면 늙어 보이지 어려 보이진 않잖아요."

정성화 감독의 목소리가 밝아졌다. 원하던 결론이 나왔음에 안도하는 모양이었다.

—좋아. 수고했어, 장 코치.

"저, 그런데……."

—왜? 무슨 문제 있어?

"진짜 딱 하루만 더 쉬면 안 될까요? 지금 한국에 가면 내일 오후 11시에 도착하는데, 다음 날 9시까지 출근하는 건 좀……."

그가 말을 잇는 사이, 어느새 전화기에선 신호음이 흐르고 있었다. 상대방이 전화를 꺼버렸단 뜻이다.

장준우는 당황하며 입을 열었다.

"…감독님?"

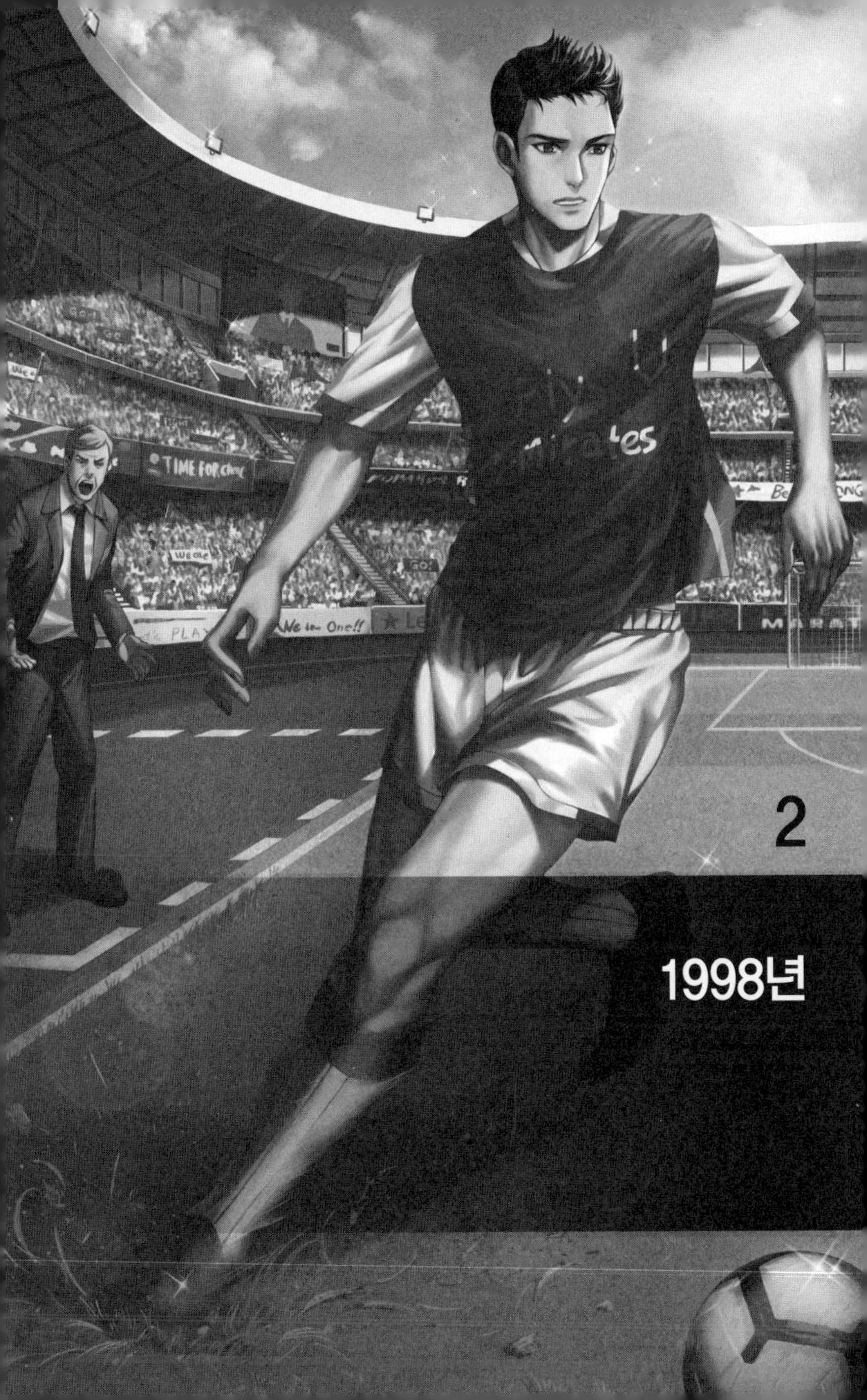
2
1998년
We in One!!

또다시 해가 바뀌어, 1998년이었다.

그 1년 사이엔 많은 일이 있었다. 대한민국은 IMF 구제금융이라는 초유의 사태를 맞아 수많은 기업과 노동자들이 갈려나갔고, 수십 년 만에 정권이 교체되었다. IMF라는 직격탄을 맞고도 40%에 가까운 지지율을 받은 야당은 면죄부라도 쥔 것처럼 기세가 등등했으며, 그것은 구국의 영웅 피닉제의 활약이 아니었으면 정권이 교체되지 못했으리라는 우스갯소리를 현실로 느끼게 하고 있었다.

다행히 민혁의 아버지는 직장에서 잘리지 않았다. 회귀 전과 달리 부장 진급에 실패한 게 이유였다. 공교롭게도 박순자 여사가 늦둥이를 갖게 되는 바람에 직장에 신경을 쓰지 못한 게 행운으로 돌아온 것이다.

그 이야기를 들은 민혁은 완전히 당황해 버렸다. 회귀 전엔 없던 동생이 생기는 것이다.

그것도 열네 살이나 차이가 나는.

'아니, 무슨 늦둥이야……'

민혁은 전화를 끊고도 한참을 멍청하게 있었다. 회귀 전 평생을 외동으로 살아왔던 그에게 형제가 생긴다는 건 적응하기 힘든 감각이었다.

"윤, 왜 그래?"

"…저 동생 생겼대요."

"아, 그래? 축하해."

딕슨은 멍청하게 서 있는 민혁의 어깨를 툭 치곤 자리를 떠났다.

아스날에도 많은 변화가 있었다. 부임 첫해 팀을 리그 2위로 이끈 아르센 벵거는 맨체스터 유나이티드와의 채리티 실드(Charity Shield : 훗날의 커뮤니티 실드)에서 3 대 0 완승을 거둬 아스날에 트로피를 추가로 안겼고, 1997–98 리그가 절반 이상 진행 중인 지금은 유력한 우승 후보로 꼽히고 있었다.

민혁이 회귀하기 전과 같다면 리그와 FA 컵 우승으로 더블을 기록할 시즌이었는데, 현재의 분위기도 그 흐름을 따라가고 있는 것 같았다.

'그러고 보니 아넬카도 1군에 올라갔고……'

민혁은 얼마 전 팀 1군에 합류한 선수를 떠올려 보았다. 아스날의 주전 공격수인 이안 라이트가 햄스트링 부상을 당하는 바람에 'FC Hospital'로 떠나 버렸고, 그 자리는 작년 초 합류한 니콜라스 아넬카의 차지가 되었다.

아마도 아넬카는 내년에 포텐셜을 폭발시켜 PFA 올해의 선수에 오를 터였고, 레알로 팔려 가며 저니맨 생활을 시작하리라.

'앙리는 지금 유벤투스에서 죽을 쑤고 있겠지.'

잠깐 그런 생각을 하던 민혁은 남 걱정 할 때가 아님을 깨달았다.

민혁의 처지는 작년과 다르지 않았다. 그는 여전히 주 500파운드를 받는 유소년 계약을 유지하고 있었고, 16세 이하 청소년대표팀에서도 끝끝내 연락이 없었다.

장준우의 보고로 면피를 한 17세 이하 대표 팀 코치진은 현재의 팀을 그대로 유지한다는 결정을 내렸으며, 잠깐 시끄러웠던 한국 축구 팬들은 얼마 후 다가온 IMF의 한파에 휩쓸려 민혁이란 존재에 대해선 까맣게 잊어버렸다. 생존이 급해진 상황에서 축구에, 그것도 아직 유소년에 불과한 선수에게 신경을 쏟을 여유는 없었다.

그래도 한 가지 발전을 한 건, 잉글랜드 축구계에서 민혁에 대한 호의적인 평가가 조금씩 나오고 있다는 사실이었다.

사실, 두 달 전까지만 해도 민혁에 대한 평가는 별로 좋지 않았다.

아스날에서는 민혁을 높게 평가하고 있었지만, 아무래도 경기에서만 민혁을 보게 되는 다른 팀들과 잉글랜드 FA 유소년 부서는 민혁을 제대로 평가하지 못했다. 그들은 민혁이 동양인이라는 점에만 주목해 본래의 실력조차 은근히 폄하하기 일쑤였던 것이다.

하지만 시간이 지남에 따라 민혁에 대한 평가는 조금씩 바뀌어갔다.

처음 제이 보스로이드의 늘어난 득점에 포커스를 맞추던 그들은 한 시즌 만에 20골이나 올라 버린 득점력에 의문을 표했고, 그 원인을 분석하던 중 민혁의 패스를 발견하게 되었다.

아마도 발견이 늦은 건, 아직 잉글랜드 축구계가 어시스트를 집계하지 않았기 때문이리라.

"저 사람 또 왔네."

경기 전 몸을 풀던 민혁은 관중석에 있는 남자를 보고는 눈썹을 꿈틀했다. 맨체스터 유나이티드의 유소년 디렉터 지미 라이언(Jimmy Ryan)이었다.

그는 민혁의 시선을 느끼며 손을 흔들었다. 벌써 다섯 번째 보는 건데 반가워해도 될 법하지 않느냐는 듯한 표정이었다.

민혁은 인상을 쓰며 고개를 돌렸다. 그러자 그걸 본 필 버트는 이상하다는 얼굴로 민혁에게 다가왔고, 그러던 중 발견한 사람을 보고는 민혁과 비슷한 표정을 지으며 입을 열었다.

"저거 지미 라이언 아냐?"

"맞아요."

"또 누굴 훔쳐 가려고 여길 온 거야?"

필 버트는 못마땅한 표정으로 지미 라이언을 노려보았다.

맨시티 유스에 있던 라이언 긱스는 해럴드 우드에 의해 맨체스터 유나이티드로 옮겨 가 전설이 되었고, 올덤 애슬래틱에 있던 스콜스 역시 같은 방식으로 맨유에 합류했다.

거기에 토트넘 핫스퍼를 거쳐 브림스톤 로버스에 있던 데이비드 베컴도 같은 방식으로 맨유로 옮겨 가 '퍼기의 아이들'이 되었으니, 각 팀의 유소년 코치들은 맨유의 디렉터를 발견하면 신경이 곤두서게 되는 게 이상하지 않았다.

"누구긴 누구겠어요."

"너야?"

민혁은 고개를 끄덕이며 질렸다는 표정으로 입을 열었다. 잘되면 삼고초려지만 안되면 스토킹이니 이제 그만 오라고 말해주고 싶은 심정이었다.

그가 삼고초려라는 말을 알지는 모르겠지만.

"벌써 다섯 번째 저러고 있어요."

"그래?"

"주급 1,500파운드 줄 테니 계약 끝나면 합류하라던데요?"

"뭐?"

필 버트는 입을 벌렸다.

아무리 돈을 물 쓰듯 하는 맨유라지만, 1984년생인 민혁에게 그만한 주급을 제시하다니!

"뭐… 맨유가 돈이 많긴 하지."

놀라움을 지워낸 그는 씁쓸한 표정을 얼굴에 띄웠다.

사실, 로만 아브라모비치가 등장하기 전까지만 해도 EPL에서 돈을 많이 쓰기로 유명한 팀은 맨체스터 유나이티드였다. 비록 슈가 대디의 자본이 아니라는 점에서 정당성을 보장받긴 했지만, 그래도 돈으로 우승을 산 팀이기도 했던 것이다.

퍼기의 아이들이 등장하면서 이미지가 조금 희석되긴 했지만, 맨체스터 유나이티드는 그들이 등장한 시기에도 막대한 돈을 사용해 경쟁자들을 눌렀다. 당장 맨유의 주전 공격수인 앤디 콜은 '역사상 가장 비싼 잉글랜드 선수 이적료'를 기록하며 맨유로 이적한 선수였고, 다음 시즌이 시작할 때 맨유가 영입하게 될 드와이트 요크도 1,260만 파운드의 이적료를 쓰게 될 선수였다.

그리고 몇 년 후의 일이긴 하지만, 리즈에서 뛰던 리오 퍼디난드의 이적료도 무려 3,000만 파운드였다. EPL에서는 무려 12년이 지나서야 그보다 비싼 수비수가 나오게 됨을 생각하면 경악하지 않을 수 없는 사건이었다.

그런 팀이라면, 아직 16세 이하 팀에서 뛰는 선수에게 1,500파운드의 주급을 주는 것도 충분히 가능했다.

"그래서. 맨유 갈 거야?"

"아뇨."

"진짜지?"

"갈 생각 없어요. 근데 갈 생각 있어도 간다고 말할 바보가 어딨어요?"

"…하긴."

하기야 그랬다. 팬들의 뒤통수를 치고 떠나도 아쉬울 게 없는 대스타라면 모를까, 구단의 케어가 필요한 유소년 선수가 다른 팀으로 이적할 거라고 말을 하며 떠들어댈 이유는 없었다. 간혹 그런 태도를 보이는 얼간이들이 있긴 했지만 말이다.

어쨌든, 필 버트는 민혁의 대답에 안도하면서도 새로운 걱정에 휩싸였다.

'슬슬 재계약을 하긴 해야 할 텐데.'

필 버트는 고민에 빠졌다. 민혁을 비롯한 핵심 유스를 지키려면 재계약을 하긴 해야 하는데, 미래를 생각하면 선수단의 주급을 관리해야 할 시기가 오고 있기 때문이었다.

아스날은 새로운 구장 건축에 대한 계획을 잡고 있었다. 아직 런던 시청을 비롯한 관계자들을 설득하지 못해 첫 삽을 뜨지는 못하고 있지만, 아르센 벵거는 구단이 건설적인 방향으로 발전하려면 반드시 6만 석 이상의 경기장을 가져야 한다고 주장했다.

구단의 운영진은 벵거의 주장에 찬성을 표했다. 지금의 티켓 판매 수익으로는 맨체스터 유나이티드와의 경쟁에서 이기기 힘들었다. 아스날이 티켓을 더 비싸게 팔고 있지만, 한 경기당 팔리는 티켓의 매수가 거의 2배의 차이가 나기 때문이었다.

이런 상황을 해결하려면, 반드시 올드 트래포드에 버금가는 경기장을 지어야 했다.

하지만 걸리는 점도 있었다. 지금까지 새로운 구장을 지은 팀치고 강등을 면한 구단이 없다는 점이었다.

'감독님은 강등은 절대 없을 거라고 단언하셨지만…….'

필 버트가 생각에 잠겨 있을 때, 또 한 명의 사람이 비슷한 생각을 하고 있었다. 아스날의 감독인 아르센 벵거였다.

벵거도 딱히 전망을 좋게 보진 않고 있었다. 경기장 건축 시작 후 10년간은 챔피언스리그에 두 번만 진출해도 성공이라고 생각하고 있었고, 리그 우승도 사실상 불가능할 거라고 판단하고 있었다. 매 시즌 4,000만 파운드 이상을 써대는 맨체스터 유나이티드와의 경쟁을 버틸 자신이 없었던 것이다.

"어쩔 수 없지. 경기장 건설 전까지 최대한 내실을 다져둘 수밖에."

벵거는 팔짱을 낀 채 하이버리 스타디움을 바라보았다. 경기장의 첫 삽을 뜨기 전까지는 최대한 쓸 수 있는 만큼 돈을 써서 선수단을 갖추고, 그들을 키워 팔아 다른 선수를 사는 식으로 팀을 운영해야 한다는 생각을 하는 채였다.

그 방도를 고민하던 벵거는 구장 안에 있는 사무실로 향했다.

걸으면서 본 하이버리는 역시 작고 낡았다. 몇 년 전 보수를 하긴 했지만 오래된 경기장이라는 느낌은 지울 수 없었고, 규모도 역시 성에 차지 않았다.

기껏해야 맨체스터 원정을 갈 때마다 보게 되는 올드 트래포드의 절반 남짓.

이런 구장에서 얻는 수익으로는 도저히 맨유를 잡을 수 없다.

"올드 트래포드가 56,000석이던가……."

맨유의 홈구장 올드 트래포드는 본래 77,000명을 수용할 수 있는 구장이었다. 하지만 1, 2차 세계대전의 여파로 폭격을 당해 58,000석 규모의 경기장으로 줄어들었고, 힐스보로 참사 후 안전 문제로 44,000석까지 줄어들었다가 재작년 초에 56,000석으로 늘어나 있었다. 게다가 지금도 재확장을 계속 추진 중에 있으니, 얼마 지나지 않아 본래의 규모를 되찾게 될 게 분명해 보였다.

그런 맨유와 경쟁하려면, 역시 6만 명 이상을 수용할 수 있는 구장이 필요했다.

'선수들을 파는 수밖에…….'

벵거는 씁쓸한 표정을 지었다. 거쳐 온 팀들 중 유망주를 키워 팔지 않아도 되는 팀은 나고야 그램퍼스 한 팀뿐이었다.

그는 선수들의 명단을 머릿속으로 정리하며 걸었다. 오퍼가 온 선수들은 물론, 오퍼는 오지 않았지만 당장 1군으로 쓸 생각이 없는 선수들의 이름과 모습도 머릿속을 스쳤다.

개중엔 이번 시즌 중반까지 아스날의 핵심이었던 이안 라이트도 있었다. 니콜라스 아넬카가 좋은 모습을 보여주고 있음을 생각해 보면, 역시 그를 팔아 자금을 마련하는 게 좋을 터였다.

생각을 정리하던 벵거는 눈앞에 나타난 사무실의 문을 열었고, 마침 서류를 정리하던 리엄 브래디는 그를 보자마자 반기며 입을 열었다.

"유소년 선수에 대한 영입 제안이 들어왔는데, 어떻게 할까요?"

* * *

"그래. 생각이 없다는 거지?"

"네."

"다행이구나."

벵거는 책상에 있는 서류를 반으로 접었다. 민혁이 거부를 표현한 이상 이 서류는 아무 의미도 없었다.

'35만 파운드가 뭐야.'

민혁은 반으로 접히는 서류를 보며 미간을 좁혔다. 맨체스터 유나이티드의 유소년 디렉터인 지미 라이언의 이름으로 날아온 이적 제안서였다.

맨체스터에서 날아온 제안서엔 35만 파운드라는 금액이 적혀 있었다. 민혁은 거기에 만족하지 못했지만. 잉글랜드식으로 13세에 불과한 유망주에게 책정된 이적료치고는 꽤 높은 수준이었다.

서류를 세 번 접어 서랍에 넣은 벵거는 민혁을 바라보며 입을 열었다.

"이런 제안이 왔으니 그냥 넘어갈 수는 없지."

"네?"

"재계약을 하자는 거다."

벵거는 미리 준비해 두었던 계약서를 꺼냈다. 800파운드의 주급을 보장한다는 3년짜리 계약서였다.

"3년이네요?"

"3년 지나면 넌 16살이 되니까. 그땐 정식으로 계약해야지."

"에이전트랑 논의해 볼게요."

"그러려무나."

민혁은 살짝 아쉬움을 느꼈다.

주급 1,500파운드 제안을 거절했는데 돌아오는 제안이 800파운드라니.

'뭐, 구장도 지어야 하고, 돈 쓸 곳은 많겠지.'

하지만 그건 어디까지나 아스날의 사정이었다. 물론 그런 팀을 우려먹을 생각은 없지만, 그래도 에이전트를 통해 협상을 벌임으로써 주급을 높일 생각은 있었다.

적어도 1,000파운드. 그 정도 금액은 받아낼 생각이었다.

그러던 민혁은 책상 위에 남은 서류를 발견하곤 고개를 갸웃했다.

'두 장?'

민혁은 잠깐 생각에 잠겼다. 한 장은 자신에 대한 제안일 터였지만, 또 다른 한 장은 다른 사람에 대한 제안일 게 분명했다. 둘 다 자신에 대한 영입 제안이었다면 두 곳을 언급했을 테니 말이다.

"감독님."

"응?"

"저건 누구 건지 물어봐도 돼요?"

벵거는 고개를 저었다. 혹시라도 이야기가 새어 나가 유소년 팀이 혼란스러워질까 염려했기 때문이었다.

"네게 들어온 제안은 아니다. 신경 쓸 것 없어."

"…네."

"좋아, 나가봐라. 아, 재계약은 일주일 후까진 답을 주면 좋겠구나."

"네, 그렇게 할게요."

"그래."

벵거는 이제 그만 나가라는 신호를 보내고 전화를 들었다.

책상 위에 남아 있는 서류의 주인을 부를 모양이었다.

잠깐 여기서 기다려 볼까 하던 민혁은 고개를 젓고는 자리를 떠났다. 도대체 누구에 대한 제의인지 궁금하긴 했으나, 그랬다간 벵거의 눈 밖에 날지도 모르기 때문이었다.

그렇게 구장을 떠난 민혁은 모아시르가 일하는 맥도날드 매장으로 향했다.

모아시르는 마침 휴식 시간을 맞아 쉬고 있었다. 4시간 근무 후 1시간 휴식을 보장하는 정책 덕분이었다.

"지금 시간 돼요?"

"응. 근데 그건 뭐야?"

"계약서요."

"뭐?"

뜬금없는 말에 의아해하던 모아시르는 민혁의 설명을 듣고는 묘한 표정으로 물었다.

"왜 거절했어?"

"맨유 제안요?"

"응."

"수수료 때문에 그래요?"

"아니, 그런 거 아니야."

모아시르는 고개를 저으며 생각에 잠겼고, 민혁은 반쯤 농담 삼아 입을 열었다.

"에이전트가 수수료에 신경을 안 쓰면 어떡해요?"

"어차피 800파운드 수수료나 1,500파운드 수수료나 그렇게 큰 차이는 아니잖아."

"그래도 대충 두 배거든요?"

"야, 거기서 10% 받아봐야 80파운드랑 150파운드야. 그 차이라고 해봐야 맥도날드 이틀 일당 수준이라고."

민혁은 웃으며 손을 들었다. 수수료 이야기는 그냥 한번 해 본 말이란 의미의 제스처였다.

그 의미를 이해한 모아시르가 흥분을 가라앉히자, 민혁은 콜라를 한 모금 마신 후 말했다.

"맨유 가는 것도 나쁘지는 않죠. 근데 거기 가면 새로 적응해야 하는 것도 문제고, 1군에 제대로 올라갈 수 있을지도 확신이 없고……."

"네가?"

모아시르는 이해할 수 없다는 표정을 지었다. 아스날 유소년 중에서도 핵심으로 꼽히는 민혁이 그런 걱정을 하는 게 납득이 되지 않는 모양이었다.

하지만 민혁은 알고 있었다. 포그바를 버리고 스콜스를 예토전생 시켜 버린 퍼거슨을 말이다.

'그 영감은 내가 조금만 부진해도 2군에 처박아 버리고 스콜스를 쓰겠지.'

퍼거슨은 훌륭한 감독이다. 그러나 선수를 대하는 태도는 좋지 않았다. 독불장군이라는 말이 감독에게 있어 꼭 나쁜 건 아니지만, 그래도 선수에 대한 인격 모독 정도는 예삿일로 여기는 사람이기도 했다. 혹자는 그것을 카리스마라고 말하기도 하지만, 그래도 선수가 마음에 들지 않으면 아무리 잘하는 선수라도 폭언을 퍼부으며 2군에 처박아두는 사람이 퍼거슨이었다.

그 데이비드 베컴조차 퍼거슨이 걷어찬 축구화에 맞아서 얼굴이 찢어지지 않았던가.

'아, 그거 아직 몇 년 남았지.'

그건 어쩌면 일어나지 않을 수도 있는, 그러나 더 심하게 일어날 수도 있는 사건이었다. 그 사건 자체만 보면 애슐리 콜에게 완전히 말려 버린 베컴에 분노한 퍼거슨의 돌발 행동으로 유발된 문제였지만, 천천히 따져보면 사소한 문제가 쌓이던 중 폭발한 사건이니 말이다.

하지만 벵거는 달랐다. 그 속 터지는 DDS에게도 100경기 이상을 출전시킨 감독계의 보살이었다. 자신의 포지션에 더 나은 선수가 있는 경우라면 모르겠지만, 그게 아닌 한에야 경기 중에 산책을 한다든가 하는 엽기적인 짓거리만 하지 않으면 기회는 충분히 받을 수 있었다.

'게다가 데닐손 같은 놈에게 밀릴 리도 없잖아.'

어쩌면 데닐손이 아스날로 오는 일이 없을지도 몰랐다. 민혁 자신이 좋은 활약을 보인다면 굳이 그 데닐손을 340만 파운드나 줘가면서 데려올 이유도 없으니 말이다.

"아무튼 1군에 올라가려면 맨유보다는 아스날이 훨씬 더 유리해요."

"왜?"

"여기 1군들은 나이가 좀 있잖아요."

"그거야 새 선수 사 오면 되지."

민혁은 고개를 저었다.

"그게 쉽지 않아요. 여기 경기장 새로 지을 예정이거든요."

"그래?"

"네. 그러니까 유스들한테 기회를 더 줄 거예요."

"뭐, 네가 그렇게 판단한다면야 거기 따르는 게 맞긴 한데……."

모아시르는 여전히 아쉬운 모양이었다. 비록 아스날도 나쁜 구단은 아니지만, 맨유는 지지난 시즌과 지난 시즌의 우승으로 리그 2연패를 달성한 강팀이었다.

그 전 시즌인 1994—95 시즌 우승을 블랙번 로버스에게 넘겨주지 않았더라면 리그 4연패를 이루었을, 현시대 EPL 최고의 팀인 것이다.

"왜요?"

"아깝잖아. 다른 팀도 아니고 맨유인데. 거기 있으면 우승 경력 추가도 쉬울 거고."

"아스날도 이번에 우승할 거예요."

"아직 리그 중반이거든?"

“내기할래요?”

모아시르는 움찔했다. 나고야에서 있었던 일이 떠오른 탓이었다.

“야… 나 이제 돈 없어.”

“그때도 없었잖아요.”

“그래도 그땐 30만 엔씩 받았거든?”

민혁은 측은한 심정을 느끼며 그를 보았다. 월 30만 엔씩 받던 사람이 영국에 와서 시급 5파운드로 일을 하고 있으니 얼마나 박탈감이 심할 것인가.

“생활하기 힘들지 않아요?”

“너 1군 올라가면 수수료도 세질 거 아냐. 그거 보고 하는 거지.”

1군 선수들과 계약한 에이전트들은 보통 주급의 4퍼센트 정도를 수수료로 받았다. 민혁이 1군에 입성하면 최소 1만 파운드 이상의 주급을 받을 테니, 그것만 되어도 일본에서 받던 것만큼은 받을 수 있으리란 이야기였다.

만약 민혁의 주급이 그 이상이 된다면, 당연히 모아시르의 소득도 높아지리라.

“아무튼 일단 이거나 봐요.”

민혁은 벵거가 제시한 계약서를 내밀었다. 확인해 보라는 이야기였다.

“주급 얼마까지 생각해?”

"그거야 알아서 해주셔야죠."

"대충 1,200을 목표로 잡고 협상하면 되지?"

민혁은 고개를 끄덕였다. 아스날이 제시한 금액이 800이고 모아시르가 1차 목표로 삼은 금액이 1,200이라면 자신이 생각한 주급 1,000파운드 부근에서 계약이 이뤄질 터였다.

'확실히 감은 있네.'

그러고 보면 모아시르의 재능은 코치가 아닌 에이전트 쪽이 맞는 것 같았다. 그 어렵다는 에이전트 시험을 몇 달 만에 통과한 것도 그렇고, 고객이 생각하는 선을 적절히 캐치하는 능력도 있었다.

남은 건 구단과의 협상력인데, 그 부분은 경험이 쌓이면 해결이 될 부분이었다. 이제 겨우 16세 이하 팀에 있는 민혁이 당장 걱정할 내용은 아니라는 뜻이었다.

"알았어. 나한테 맡겨."

"협상하러 갈 땐 양복 입고 가세요."

양복이 없던 모아시르는 그 말에 좌절해 버렸다.

* * *

"거절당했다고?"

"네."

머리카락이 하얗게 세기 시작한 남자는 콧잔등을 긁으며

답했다. 맨체스터 유나이티드의 유소년 디렉터 지미 라이언이었다.

"주급 1,500파운드를 제시했는데도 거절했단 말이지."

"그렇습니다."

"혹시 구단 쪽에서 거절한 건가?"

질문을 던진 남자는 껌을 잘근잘근 씹으며 지미 라이언의 답변을 기다렸다.

14살도 되지 않은 유소년에게 1,500파운드라는 주급은 결코 적지 않은 금액이었다. 그 나이의 유소년 시절에 그만한 대우를 받은 건 현재 맨유의 에이스인 데이비드 베컴 정도. 다른 선수들로서는 상상도 못 하는 조건이었다.

거기에, 베컴은 16세 이하 팀에서 잉글랜드 올해의 선수로 꼽혔던 경력이 있었다. 그것도 약팀이던 브림스톤 로버스 시절에 이루어낸 일이었다. 다른 선수들보다 한 차원 이상 높은 대접을 받는 게 당연하단 뜻이었다.

하지만 민혁은 동양인이라는 것 외엔 별다른 특색이 없었다. 물론 선수들의 능력을 알아볼 줄 아는 사람들이라면 경기력을 보고 높은 평가를 내리겠지만, 지표로 드러난 특색은 없다는 이야기다.

그런 선수가 주급 1,500파운드 계약을 거절한다는 것.

그건 아마도, 그를 높이 보는 코치들의 방해 때문이 아닐까.

하지만 들려온 답변은 그와 달랐다.

"아닙니다. 직접 제안을 해봤는데 거절당해서 구단에 오퍼를 넣었던 거니까요."

"직접?"

"네."

껌을 씹던 남자는 행동을 멈추고 생각에 잠겼다.

"얼마를 제시했지?"

"35만 파운드입니다."

"흠……."

성인 선수라면 불법 접촉이 되겠지만, 보상금액만 던져 주면 빼 올 수 있는 유소년 선수는 그런 식의 선접근이 매우 흔했다. 퍼기의 아이들로 불리는 긱스나 스콜스, 그리고 베컴도 그런 식으로 데려온 선수였다.

물론 그건 맨유만의 문제가 아니었다. 라 마시아로 유명한 바르셀로나도 그런 식의 유소년 약탈은 심심찮게 행했고, 그로 인해 분노한 발렌시아의 구단주가 언론을 통해 바르셀로나를 저격하는 일도 일어나게 되는 게 축구판이었다.

사실, 아스날도 그 부분에 있어선 자유롭지 못했다.

"35만 파운드를 거절했다 이거지."

"네."

"100만으로 올려봐."

"네?"

지미 라이언은 눈을 휘둥그레 뜨며 상대를 보았다. 그 금액이면 지금까지 이뤄진 유소년 계약 최대 금액의 거의 3배에 달하는 거액이었다.

"그쪽에서 OK하면 계약을 미뤄. 거절하면 그때부터 집중적으로 관찰하고."

"아……."

그는 상대의 말을 그제야 이해했다. 거액을 던짐으로써 아스날에서 생각하는 민혁의 가치를 파악하란 뜻이었다.

고개를 끄덕인 지미 라이언은 민혁에 대한 생각을 정리하고는 화제를 넘겼다.

"참, 그리고 또 한 명 주목하는 선수가 있습니다."

"누군데?"

지미 라이언은 카탈로그를 건네며 말했다.

"이 선수입니다."

* * *

민혁은 다시 한번 벵거에게 불려 갔다. 거기엔 한층 더 상향된 오퍼가 담긴 서류가 있었다. 이적료 100만 파운드의 이적 제안이었다.

물론 민혁은 고개를 저었다. 그 제안을 받아들인다면 주급도 상당히 올라갈 게 분명했지만, 장기적으로는 맨유로 가는 것보다 아스날에 남는 게 유리하다고 판단했기 때문이었다.

벵거는 민혁의 반응에 만족을 표했다. 축구를 못하면서 충성심만 높다면 골치가 아팠겠지만, 장래 1군으로 올라올 게 유력한 민혁이 아스날에 충성심을 보이는 게 나쁠 이유는 없었다.

"그래, 제안은 거절하겠다."

"네."

"조건은 아직 정하지 않았니?"

"에이전트가 좀 바빠서요."

"바쁘다고? 이번에 에이전트 자격을 딴 거 아니었나?"

"…맥도날드 아르바이트 하느라고요."

벵거는 당황한 표정을 보였다. 이런 답변은 생각도 못 했던 까닭이다.

하지만 그는 노련한 감독이었다. 그런 당황 정도야 금세 지워낼 수 있다는 뜻이다.

"혹시 어려운 부분이 있으면 말해라. 에이전트가 파트타임으로 일하면 곤란한 게 많을 테니까."

"감사합니다."

민혁은 꾸벅 인사를 하고는 감독실을 떠났다.

'오늘은 뭐 하지.'

민혁은 잠깐 고민에 빠졌다. 학교도 끝났고 훈련도 없는 날이라 시간을 보낼 것이 마땅치 않았다. 회귀 전의 자신이라면 친구들과 PC방에 진을 치고 스타크래프트 삼매경에 빠졌겠지만, 여긴 스타크래프트를 할 만한 환경도 아니고 그러고 싶지도 않았다.

그 고민은 그리 오래가지 않았다. 타의에 의해서였다.

"윤!"

"아, 코치님."

민혁은 자신에게 다가오는 18세 팀 코치 돈 호우를 발견하고는 고개를 숙였다. 자주 보는 사람은 아니지만 모르는 사이도 아니니 인사 정도는 해둬야 했다.

그러는 사이 다가온 그는 민혁의 어깨를 툭 치며 물었다.

"오늘 경기 없지?"

"네."

"18세 팀 경기 안 볼래?"

"네?"

민혁은 눈을 깜박이며 질문을 던졌다.

"제가 거길 왜 가요?"

"내년에 뛸 팀이니까 보러 가야지."

"무슨 내년이에요. 내년 돼야 겨우 14살인데."

"월반은 빠르면 좋지."

"전 피지컬이 안 돼서 지금도 힘들거든요?"

식단과 운동법을 바꾸면서 피지컬이 좋아지긴 했지만, 그래도 이제 겨우 16세 팀에 간신히 적응이 가능해진 민혁이었다.

벌써부터 18세 이하 팀을 생각할 정도는 아니란 뜻이었다.

피지컬을 무기로 삼는 선수들을 상대하다 보면 아직도 체력이 급격히 고갈되는 그에게 있어, 18세 팀으로 올라가란 이야기는 지옥으로 가라는 말과 다르지 않았다.

"그거야 시간 지나면 괜찮아질 거 아냐. 너 지금 같이 뛰는 애들보다 두 살이나 어리잖아."

"그걸 또 반복하고 싶지는 않아요……."

"야, 딴 애들은 월반 못 해서 난리거든?"

"그거야 그렇지만요."

민혁은 계속해서 부정적인 반응을 보였다.

무리하다 몸이 망가지는 것보다는 천천히 올라가는 게 낫지 않은가.

"하여튼 특이한 놈이라니까."

"뭐가요?"

"이것저것."

민혁은 어깨를 으쓱했다. 애늙은이 같다는 소리를 줄곧 들어온 민혁이 반응할 만한 이야기는 아니었다.

따지고 보면 애늙은이가 맞기도 하니까.

그걸 본 돈 호우는 피식 웃고는 말을 이었다.

"어차피 할 일 없잖아. 가자."

그렇게, 민혁은 반쯤 강제로 아스날과 에버튼의 18세 이하 팀 경기를 보게 되었다.

*　*　*

민혁과 돈 호우가 구장에 도착하자, 벌써부터 탈모의 기운이 보이는 선수가 골을 넣고 환호하는 모습이 보였다. 안타깝게도 에버튼 18세 이하 팀 선수였다.

"이런. 벌써 시작했네."

"잠깐. 그러고 보니까 코치님 18세 팀 전속이잖아요. 이렇게 늦어도 돼요?"

"괜찮아. 감독님한테는 너 데리러 가니까 조금 늦을 수도 있다고 말했어."

"네?"

민혁은 혀를 내둘렀다. 자신과 만난 게 우연이 아니라면 뭔가 속셈이 있을 거라는 생각이 들어서였다.

돈 호우는 민혁의 시선을 눈치채지 못했는지, 방금 골을 넣은 선수를 보고는 중얼거렸다.

"역시 잘하네."

"누군지 알아요?"

"제퍼스."

"제퍼스? 프란시스 제퍼스예요?"

"알아?"

"…알죠."

민혁은 고개를 저었다. 아스날 9번의 대표 주자이자 벵거에게 엿을 먹인 프란시스 제퍼스가 아닌가.

'박스 안의 여우인 줄 알았는데 박스 안의 잉여였지.'

민혁은 갑자기 씁쓸한 느낌을 받았다.

저 박스 안의 잉여는 본래 벵거의 1순위 영입 대상이 아니었다. 즐라탄이 커뮤니케이션 오해로 인해 아스날을 걷어차지만 않았다면 일어나지 않았을 일이 제퍼스의 영입이었으니까.

"즐라탄이 오는 게 좋긴 한데… 그럼 제대로 성장을 못 하려나."

1999년. 아직 1년이 남은 미래의 일이지만, 그 시기의 아스날은 이른바 드림 팀이라 할 만한 스쿼드가 갖춰지는 시기였다.

유벤투스의 찌리 윙이었던 티에리 앙리가 건너와 킹이 되는 시기였고, 심장 수술로 인테르에서 뛰지 못하고 3시즌을 날린 은완코 카누가 아스날에 입단한 해이기도 했다.

거기에 본래부터 아스날에 있던 데니스 베르캄프와 마크 오베르마스, 그리고 그 1년 후에 이적해 오는 프랑스 국가대표 실뱅 윌토르까지 생각하면 즐라탄에게 기회가 갈 것 같지는 않았다.

'하긴 뭐. 나도 딱히 다르진 않지.'

민혁은 입술을 살짝 내민 채 고개를 끄덕였다. EPL 최고의 미드필더인 비에이라와 프티, 그리고 프랑스의 주전 미드필더인 레미 가르드가 버티고 있는 아스날의 미들진은 EPL에서도 손꼽히는 수준이었다.

물론 민혁이 1군 스쿼드에 들어갈 무렵이 되면 프티와 가르드는 사라지겠지만, 그 못지않은 선수들인 지오반니 반 브랑크호스트와 질베르투 실바, 피레스 등이 들어오게 되니 별 차이는 없었다.

아마 무패 우승 다음 시즌인 2004—05 시즌은 되어야 제대로 기회를 부여받지 않을까.

'근데 이번에도 무패 우승 하려나 모르겠네.'

민혁은 잠깐 고민에 빠졌다. 어쩌면 자신이란 존재가 일으킨 나비효과 때문에 무패 우승이란 위업이 사라지진 않을까 싶어서였다.

하지만 그걸 고민한다고 해서 답이 나오는 문제도 아니라, 민혁은 머릿속을 비운 후 경기에 집중했다. 이왕 여기까지 왔으니 배울 게 있는지 찾아보기라도 해야 하지 않겠나.

그렇게 생각한 민혁이 경기에 집중한 지 5분이 지날 무렵, 제퍼스가 동물적인 감각으로 박스로 침투해 슛을 날렸다. 아스날의 골키퍼가 힘겹게 공을 쳐내지 않았다면 골로 이어졌을 게 분명한 슈팅이었다.

"하여튼 에버튼 유스 공격수 풀은 알아줘야 한다니까. 저 녀석도 그렇고 웨인 루니도 그렇고……."

"제퍼스는 무시해도 돼요."

"무슨 소리야?"

"제퍼스나 루니나 멘탈이 거지 같긴 마찬가진데, 제퍼스가 훨씬 더 거지 같거든요. 재능도 루니가 한참은 위고……."

"얼굴도 몰랐으면서 멘탈 안 좋은 건 어떻게 알아?"

민혁은 별일 아니라는 표정을 지으며 질문에 답했다.

"얼굴 몰라도 듣는 게 있잖아요."

"그래?"

"네. 어린놈이 돈 많이 밝히고 코치 무시한다고 유명하더라고요. 그나마 지금은 유스니까 좀 잠잠하겠지만 1군 올라가면 볼만할 거예요. 아마 데이비드 모예스… 아니지, 월터 스미스 뒷목 잡는 일 많을걸요?"

"응? 월터 스미스면 레인저스 감독 아니야? 제퍼스 레인저스 간대?"

당황한 민혁은 자기도 모르게 반문을 던졌다.

"네? 지금 에버튼 감독 월터 스미스 아니에요?"

"무슨 소리야. 하워드 켄달이잖아."

돈 호우는 필 버트가 민혁을 보는 것과 비슷한 시선을 보냈다. 다시 말해 미친놈 보는 듯한 눈이었단 뜻이다.

'아, 진짜……'

민혁은 인상을 쓰며 고개를 돌렸다. 모예스 이전의 감독이 월터 스미스라는 건 알고 있지만, 정확히 몇 년에 부임했는지는 기억하지 못한 탓에 일어난 참사였다.

"아무튼 제퍼스는 영입할 기회가 와도 그냥 놔두는 게 좋아요. 심장 수술도 하고 그래서 완전히 유리 몸이기까지 하니까."

"너 굉장히 자세히 안다?"

예리한 질문은 민혁을 당황시켰다.

"어, 어쨌든 제가 저기서 뛰어도 제퍼스보다는 잘할 자신 있어요. 루니라면 모를까."

"응? 루니?"

잠깐 고개를 갸웃하던 돈 호우는 이내 웨인 루니의 존재를 떠올리며 고개를 끄덕였다. 벌써부터 잉글랜드 축구계를 떠들썩하게 만들고 있는 천재를 모를 리 없는 그였다.

"아, 걔… 에버튼 16세 팀에 있는 괴물 맞지? 12살밖에 안 됐는데 공격수 꿰찬."

"네."

"너 걔보다 잘할 자신은 없어?"

민혁은 인상을 쓰며 입을 열었다.

"지금은 무린데, 한 5~6년 지나면 제가 이길걸요."

"루니가 너보다 어리잖아. 너만 크는 거 아니다."

"괜찮아요. 제퍼스보다는 멘탈이 낫긴 해도 훈련 싫어하는 건 마찬가지니까."

"그래?"

"네. 걔는 완전히 재능빨이거든요."

"흠……."

돈 호우는 잠깐 민혁을 보며 생각에 잠겼다. 이 나이대의 선수가 다른 선수들에게까지 신경을 쓰는 건 흔치 않은 일이었다. 이 시기의 선수들은 자기 플레이를 하는 데에만 바빠 다른 일을 돌아보지 못하는 경우가 많음을 생각해 보면, 민혁은 확실한 별종이었다.

'나중에 스카우터라도 하려는 건가?'

그 생각은 잠시 후 지워졌다. 아직 한계도 못 느낀 선수가 벌써부터 할 만한 생각은 아니다. 다른 선수들에 대한 경쟁심 때문에 그런 정보를 모았다고 생각하는 게 합리적이다.

그는 실소를 흘린 후 민혁이 있는 쪽으로 고개를 돌리며 말했다.

"아무튼 잘 봐둬. 넌 미드필더지만 다른 선수들 움직임도 익혀둬야 되니까."

"그거야 계속 신경 쓰고 있어요."

"한 레벨 위의 애들은 어떻게 플레이하는지 보라는 거야."

"딱히 볼 건 없는 것 같은데……."

민혁은 회의적인 반응을 보였다. 자신보다 한 레벨 위라고 해봐야 18세 이하 팀의 선수들이었다. 회귀 전 월드 클래스들의 플레이를 보았던 자신에게 별로 도움이 될 것 같지는 않았다.

민혁이 그런 생각을 하고 있을 때, 18세 팀 감독으로 나선 리엄 브래디는 벤치에 있던 선수를 준비시켰다. 어디선가 본 듯한 얼굴이었다.

잠깐 기억을 더듬던 민혁은 놀라 물었다.

"어, 저거 애슐리 콜이죠?"

"맞아."

"왜 선발로 안 나왔어요?"

"훈련 중에 타박상을 입었거든. 그래서 이번 경기는 안 내보내기로 했었는데……."

돈 호우는 스코어보드를 보고는 어깨를 으쓱했다.

"잘못하면 질 것 같으니 내보내는 거겠지."

"그렇겠네요."

민혁은 스코어보드를 보았다. 아직 시간은 한참 남아 있지만 아스날은 1점을 만회하지 못했고, 제퍼스의 침투에 휘말린 아스날 수비진은 우왕좌왕하기 바빴다. 변화가 필요한 시점이었다.

애슐리 콜의 투입은 완벽한 효과를 발휘했다. 아스날 수비진을 헤집던 제퍼스는 콜과 만나는 순간 날카로움을 잃고 평범한 공격수가 되어버렸고, 그에게서 공을 탈취한 콜은 오버래핑에 이은 크로스로 어시스트를 기록했다.

경기는 그때부터 아스날의 흐름으로 이어졌다. 결과도 그것을 뒷받침했다.

3 대 1. 아스날의 역전승이었다.

"끝났네요."

"잘하지?"

"누구요?"

돈 호우는 애슐리 콜을 가리켰다. 자신이 길러낸 선수라는 자부심도 엿보이는 표정이었다.

민혁은 어깨만 으쓱했다. 어차피 돈을 보고 첼시로 튈 선수인데 칭찬을 하기도 좀 그랬다.

"왜? 별로야?"

"아뇨. 잘하네요."

"그렇지?"

돈 호우는 히죽 웃고는 말을 이었다.

"이왕 온 김에 감독님한테 인사나 하고 가자."

*　*　*

"안녕하세요."

"오랜만이구나."

리엄 브래디는 밝은 얼굴로 민혁을 맞이했다. 역전승이 기쁜 모양이었다.

"그래, 많이 배웠니?"

"네?"

"이 경기를 보고 느낀 게 있느냐는 거다."

민혁은 어색한 표정을 지었다. 상대가 원하는 대답이 뭔지는 알고 있지만, 도움이 되었다고 느낄 만한 부분은 전혀 없었다.

그러자 민혁과 브래디를 번갈아 보던 돈 호우가 피식 웃으며 입을 열었다.

"이 녀석 기준이 굉장히 높습니다. 제퍼스에 대한 평가도 굉장히 박하던데요?"

"그래?"

"곧 망할 녀석이니까 관심 가질 필요 없다더라고요. 심장수술 여파도 있고 유리 몸이 될 거라서 영입하는 팀이 손해 볼 거라던데……."

브래디의 표정은 미묘해졌다. 생각지도 못했던 반응이기 때문이었다.

돈 호우는 그 미묘함을 한 번 더 흔들었다.

"그냥 하는 말 같지는 않았습니다. 나름 확신이 있는 것 같았어요. 아마 선수들 체크를 하는 사람이 주변에 있는 것 같습니다."

"그렇단 말이지……."

잠시 말을 끌던 브래디는 묘한 표정으로 민혁을 보며 입을 열었다. 돈 호우에게 들은 말을 확인하고 싶어서였다.

"윤."

"네?"

"네가 생각하기에, 우리 팀을 더 강하게 만들어줄 수 있는 선수가 누구지?"

"1군요?"

"아니, 18세 팀."

브래디의 물음은 민혁을 당황시켰다. 스카우터는 고사하고 18세 팀에 올라오지도 않은 유소년 선수에게 물어볼 만한 내용이 아니었다.

'이걸 왜 나한테 물어봐?'

하지만 당황은 길지 않았다. 대답을 해주지 못할 내용도 아니기 때문이었다.

"음… 리즈에 있는 앨런 스미스나 맨시티에 있는 조이 바튼 정도 아닐까요?"

민혁은 당장 떠오르는 이름을 말했다. 리즈 시절로 유명한 앨런 스미스는 맨유로 이적 후 맞지 않는 포지션에서 오래 뛴 탓에 완전히 망가져 버렸지만, 맨유로 팔려 가기 전까지만 해도 촉망받는 공격수였다.

맨체스터 유나이티드가 파산 직전에 놓인 리즈 유나이티드로부터 그를 샀던 것도 그의 재능을 높이 보았기 때문이었다. 겨우 스물세 살의 나이에 172경기 38골이라는 수치를 기록하기는 쉽지 않았고, 그것도 당시로서는 강팀이던 리즈에서 주전에 가까운 위치를 점하고 있다는 점을 높게 평가받은 덕분이었다.

퍼거슨이 그를 수미로 쓰지만 않았다면, 그리고 리세의 강슛에 맞아 다리가 부러지는 일이 없었더라면 한 시즌에 20골 가까이 넣는 A급 공격수가 될 수도 있었으리라.

그리고 맨시티의 조이 바튼…….

성격이 더럽기로 유명한 조이 바튼이지만, 그를 영입한다면 아스날로서도 이득을 볼 수 있는 부분이 있었다. 프티와 실바 이적 후 제대로 된 수비형미드필더를 얻지 못한 아스날임을 생각해 보면, 파이터 기질이 넘치는 수비형미드필더가 될 바튼을 영입하는 게 나쁠 건 없었다.

2000년대 중반의 일이지만, 실제로 아르센 벵거는 조이 바튼을 영입할 생각을 가지기도 했다. 바튼과 제르비뉴가 충돌을 일으켜 그라운드에서 한판 붙는 바람에 계획이 완전히 무산되긴 했지만 말이다.

물론 2006년부터 스포츠를 가지고 불법도박을 했던 문제가 있긴 하나, 영국 FA 조사 결과 단순 오락으로 판단되어 징계가 경감되었던 점을 생각하면 팀에서 주의를 줌으로써 막을 수 있는 문제라 판단할 수 있었다.

'그거 아니어도 퇴장 문제가 걸리긴 하지만…….'

민혁은 생각했다. 아무리 그래도 DDS보단 낫지 않겠나.

"앨런 스미스와 조이 바튼이라."

리엄 브래디는 눈을 가늘게 뜨고 민혁을 보았다. 그 두 명은 브래디 자신도 주목하고 있는 선수들이었다.

스카우터들이 물어 온 보고에 의하면, 앨런 스미스는 다음 시즌에 1군으로 승격될 게 유력한 유망주였다. 그리고 조이 바튼도 맨체스터 시티의 18세 이하 팀에서 주력으로 뛰고 있으며, 아마 다음 시즌이나 그다음 시즌에 1군 후보로 올라갈 가능성은 있는 선수라는 자료도 있었다.

제법이라는 생각과 의외라는 생각을 동시에 한 브래디는 민혁에게 물었다.

"그 선수들 정보는 어디서 얻었지? 넌 다른 팀 경기도 안 보잖아."

"어, 그게……."

민혁은 재빨리 한 사람을 방패로 꺼냈다. 에이전트인 모아시르였다.

"에이전트가 말해줬어요. 좋은 선수들이라고……."

"그래?"

"네."

리엄 브래디는 의혹을 거뒀다. 에이전트가 말한 내용을 기억하고 이야기할 뿐이라면 이상할 것은 딱히 없었다.

"그 에이전트, 스카우터로 일할 생각은 없다던?"

"네?"

"앨런 스미스와 조이 바튼은 괜찮은 선수들이지. 그래서 나름 유명해. 하지만 내가 알기로 네 에이전트는 잉글랜드에 온 지 1년도 안 된 걸로 아는데… 그런 사람이 그 두 선수를 눈

여겨보고 있었다는 건 스카우터로서의 자질이 있다는 뜻이겠지."

민혁은 움찔했다. 사실 자신의 행위는 치팅(커닝)이나 마찬가지였다. 스카우터로서의 자질과는 상관없는 문제였고, 그나마도 모아시르에게는 없는 능력이었다.

"혹시 잘 안 알려진 선수 중에 추천할 선수가 있으면 알려달라고 해보렴."

"일단 이야기는 해볼게요. 아 참."

"응?"

"스포르팅에 크리스티아누 호날두라는 애가 있는… 있다던데, 혹시 알고 계세요?"

"크리스티아누 호날두?"

"네."

"어떤 선수지?"

"저보다 한 살 어린 윙이에요. 속도도 빠르고 드리블도 괜찮고……."

"…일단 구단 스카우터에겐 이야기를 넣어보마."

브래디의 반응은 그저 그랬다. 아마도 민혁보다 어리다는 점 때문에 관심이 없는 모양이었다.

'어쩔 수 없지.'

민혁은 어깨를 으쓱했다. 하기야 12살밖에 안 된 유소년에 대해 진지하게 영입을 생각할 팀은 없었다. 잉글랜드 유소년 축구계를 완전히 뒤집어놓고 있는 웨인 루니조차 아직은 성장 가능성에 대한 의심을 떨쳐 버리지 못한 상태였으니, 포르투갈에 있는 이름 없는 유망주에 대해 진지해지는 건 불가능한 일이었다.

하지만 민혁이 마냥 실망하기만 한 건 아니었다. 차후 아스날에 호날두에 대해 영입 제안을 할 때, 자신이 지금 뿌려놓은 씨앗이 싹틀지도 모른다는 생각을 했기 때문이었다.

사실, 호날두는 맨유에 앞서 아스날의 제안을 받았다. 비록 1,200만 파운드라는 금액에 망설이는 사이에 맨유에게 빼앗기는 결과를 낳았지만, 맨유나 유벤투스보다 아스날의 제안이 먼저 있었음을 생각하면 이번엔 결과가 다를지도 몰랐다. 민혁이 던져놓은 말을 그때까지 기억한다면 1,200만 파운드라는 금액에 망설이지 않을지도 모르니 말이다.

"혹시 좋은 선수를 발견하면 알려달라고 말 좀 전해다오."

"네."

민혁의 대답은 브래디를 만족시켰다. 그 크리스티아누 호날두라는 유망주에 대해선 한번 알아보라는 언질 정도만 할 생각이지만, 그래도 해외에 있는 유망주까지 파악할 정도로 정보망이 넓은 사람과 끈을 대어두는 건 나쁠 게 없었다.

어쩌면 그를 통해 제 2의 이안 라이트를 발견할지도 모르는 일이니까.

브래디는 유스 팀 스카우터를 불러 프란시스 제퍼스에 대한 재체크를 지시했다.

* * *

프란시스 제퍼스는 유명한 유망주였다. 그의 뒤를 이어 에버튼 유스의 정점이 되는 웨인 루니만큼의 재능을 가지고 있지는 못했지만, 아직 루니가 재능을 의심받는 지금은 조 콜과 더불어 잉글랜드를 대표하는 유망주로 꼽히고 있었다.

그리고 지금, 그는 자신이 조 콜보다 뛰어난 재능을 가지고 있다고 시위하고 있었다. 블랙번 로버스와의 FA 유스 컵 결승전에서 선제골을 기록하는 것으로 말이다.

"괜찮은데?"

경기를 지켜본 아스날의 스카우터는 펜으로 이마를 두어 번 긁었다. 입으로는 괜찮다는 정도로 평가를 끝냈지만, 속으로는 그보다 훨씬 더 높은 점수를 매기고 있었다.

100점 만점에 94점. 그것이 그가 제퍼스에게 내려준 점수였다.

민혁이 알았더라면 욕을 했을지도 모르는 일이지만, 그는 민혁의 이야기가 헛소리라는 판단을 내리고 있었다. 그나마 유리 몸이 될 가능성이 보인다는 측면에 대해선 동의하고 있었지만, 그 외의 내용은 스카우트로서의 능력이 떨어지는 에이전트의 오지랖이거나, 그게 아니면 민혁이 이야기를 전달하는 과정에서 과장이 많이 섞여 있으리란 생각이었다.

"어쩌면 견제일지도 모르지."

고작 3살밖에 차이가 나지 않는 선수가 앞을 막는 걸 달가워할 유망주는 없었다. 5살 정도만 돼도 앞 세대의 선수로 생각하지만, 3살 차이라면 주전 자리를 놓고 경쟁할 선수로 판단할 테니까.

'부상 위험은 확실히 있긴 한데… 기술적인 선수니 부상을 달고 사는 건 어쩔 수 없겠어.'

그는 아쉽다는 표정을 지었다. 100점에서 빠진 6점 중 3점이 바로 그 부상 위험이었다.

잉글랜드 무대는 기술적인 선수들에게 가혹한 환경을 제공하고 있었다. 스페인이나 네덜란드라면 반드시 반칙을 불어줬을 허슬플레이도 대부분 넘어가는 판정을 하고 있었고, 관객들도 그런 판정을 원했다. 불만을 터뜨리는 선수가 없는 건 아니지만 무시당하기 일쑤라는 이야기였다.

그런 판정에 팀 단위로 불만을 터뜨리는 곳도 별로 없었다. 벵거 체제에 들어선 아스날을 제외하면 웨스트햄과 첼시 두 곳뿐이었는데, 그중 한 곳인 첼시도 허슬플레이에서 자유롭지 않아 목소리는 작았다. 거친 플레이에 반칙을 불어주길 원하는 웨스트햄 코치진으로서는 안타까움을 느끼는 상황이었다.

게다가 아스날도 목소리를 높일 수 있는 상황은 아니었다. 벵거 부임 전까지만 해도 그런 판정에 이득을 굉장히 많이 챙

졌던 팀이니, 감독과 스타일이 바뀐 지 얼마 되지 않은 지금으로선 거친 판정에 불만을 표시해 봐야 웃음거리밖에 되지 않을 일이었다.

잠깐 그런 생각을 하던 스카우터는 펼쳐 든 수첩에 제퍼스에 대한 평가를 적었다. 민혁의 평가와 달리 1군에서 성공할 가능성이 충분하며, 에버튼에서 좀 더 경험을 쌓은 후에 영입을 고려해 보는 게 좋겠다는 내용이었다.

아직은 좀 이르긴 하지만, 2년에서 3년 정도만 흐르면 아스날 1군에서 활약할 만한 기량이 갖춰지리라.

그는 경기의 내용보다는 프란시스 제퍼스라는 선수의 움직임에 집중했다. 보다 더 확실한 판단이 필요하다는 이유였다.

전반이 끝나고 후반도 거의 다 지나갈 무렵, 그는 더 이상 경기를 볼 필요가 없다고 느꼈다. 고작 한 경기라고는 해도 제퍼스라는 선수의 능력이 어느 정도인지, 또 아직 계발하지 못한 재능이 어느 정도인지 느낄 수 있었다.

어쩌면 폴 개스코인 정도는 되지 않을까.

그가 그렇게 생각하는 사이, 에버튼 유스 팀과 블랙번 로버스 유스 팀의 경기는 끝을 달리고 있었다.

"어이쿠. 벌써 5 대 3이야?"

그는 당혹마저 느끼며 스코어보드를 바라보았다. 남은 시간도 겨우 3분 남짓이었다.

경기에 대한 요약이 필요했던 그는 재빨리 캠코더를 챙겼다. 아직 시간이 남아 있지만 더 볼 것은 없으니, 여기서 녹화를 끝내도 무방할 터였다.

그렇게 서두르는 바람에, 그는 마지막 장면을 보지 못했다.

완벽한 찬스에서 공을 잡지 못하고 넘어지는 제퍼스의 모습을.

3

1998년, 여름

1998년 6월. 프랑스 월드컵이 개막하는 해였다.

베르캄프를 위시한 네덜란드는 아시아 최강의 포스를 뽐내며 본선에 오른 대한민국을 5 대 0이라는 스코어로 박살 내었다. 민혁의 회귀가 별다른 영향을 미치지 않은 탓인지 회귀 전과 같은 전개와 스코어였다.

대한민국 축구협회는 이번에도 국가대표팀 감독을 경질하는 초유의 사태를 일으켰다. 어차피 이렇게 될 걸 알고 있던 민혁으로서는 '그럼 그렇지'라고 생각하며 넘어갈 일이었지만, 아스날에 있는 사람들이 민혁을 볼 때마다 '대한민국 축구협회 미친 거 아니냐?'라면서 물어오는 통에 노이로제에 걸릴 뻔한 일도 있었다.

만약 크로아티아가 독일을 잡는 일이 없었더라면 정말 노이로제에 걸렸을지도 몰랐다. 월드컵 화제가 대한민국에서 크로아티아로 넘어간 덕분에 민혁이 한숨을 돌릴 수 있었으니까.

그런 일이 있던 월드컵이 끝난 후.

월드컵으로 인해 주목도가 오른 선수들의 몸값은 수직으로 올랐다. 특히 월드컵 4강에 오른 크로아티아 선수들은 우승국인 프랑스 선수들 못지않은 화제의 주인공이 되어 있었다. 8강에서 독일을 꺾은 것도 놀라웠지만, 3, 4위전에서 거스 히딩크가 이끄는 네덜란드를 2 대 1로 꺾은 건 프랑스의 첫 우승마저도 뒷전에 놓게 할 만큼 놀라운 일이기 때문이었다.

하지만 그런 일련의 사건들은 아스날에겐 별다른 변화를 주지 못했다. 바로 전 시즌인 1997—98에 리그와 FA 컵을 석권해 더블을 이뤄낸 아스날은 스쿼드를 보강할 필요를 별로 느끼지 못했던 탓이다.

'근데 누구 한 명 오기는 했던 것 같은데…….'

민혁은 기억을 더듬어보았다. 하지만 이제 회귀한 지도 몇 년이 지나서인지 정확한 기억은 나지 않았다. 무언가 굉장히 중요한 선수 한 명이 추가된다는 정보는 있으나, 그게 누구인지까지는 떠오르지 않았다.

"앙리는 아니고……."

"또 혼잣말이야?"

"응?"

고개를 돌린 민혁은 15번이 마킹된 유니폼을 입은 선수를 볼 수 있었다. 레온 브리튼을 대신해 아스날 16세 팀의 주전이 된 존 스파이서였다.

그가 주전이 된 건 레온 브리튼의 이적 덕분이었다.

레온 브리튼은 웨스트햄으로 이적했다. 유소년 선수임에도 40만 파운드라는 거액이었다. 16세 이하 팀 선수로서는 역대 최고의 이적료로 기록된 계약이었다.

'뭐, 난 100만 파운드도 제시받았지만.'

민혁은 몇 달 전 거절한 맨유의 제안을 떠올려 보았다. 그만한 이적료를 걸 정도로 자신을 높게 보는 팀에 들어갈 기회였음을 생각하면 아깝다는 생각도 들지만, 그 제안 덕분에 주급을 1,200파운드까지 올려 계약을 할 수 있었으니 후회를 할 이유는 없었다.

"내가 혼잣말하는 게 하루 이틀 일도 아닌데 뭘 그래?"

"하긴."

스파이서는 피식 웃고는 공을 건넸다. 패스 훈련이었다.

민혁은 원터치로 공을 보냈다. 공을 잡아서 다시 보내도 되는 훈련이지만 민혁은 원터치를 선호했다. 원터치 패스의 정확도가 나쁘지 않기도 했지만, 항상 원터치 패스를 기본으로 해둬야 실전에서도 사용할 수 있다고 생각했기 때문이었다.

스파이서의 패스는 민혁과 달리 투박했다. 본래의 포지션이 공격수인 스파이서라 그런지 패스를 받는 건 능숙해도 패스를 주는 건 조금 어색해 보였다. 방향은 나름 정확하게 들어오지만, 속도도 느리고 볼이 조금 튀는 경향이 있어 받기에 수월한 패스는 아니었다.

"패스를 너무 험하게 주는 거 아냐?"

"어차피 난 골만 넣으면 돼."

"…그렇지."

민혁은 왠지 씁쓸해졌다. 눈앞에 있는 스파이서가 그 골을 못 넣어서 1군에서 못 버티고 방출당하리라는 걸 알기 때문이었다.

물론 민혁이 존 스파이서라는 선수에 대해 아는 건 별로 없었다. 하지만 민혁의 기억에 없는 유망주라는 건 별 볼 일 없는 선수가 된다는 이야기였다. 아무리 잘해봐야 1군 명단에 잠깐 올라갔다가 임대를 전전하다 방출당하는 선수가 아니라면 이름조차 기억나지 않을 이유가 없으니 말이다.

'아, 나도 진짜 긴장해야겠다.'

민혁은 새삼 각오를 다졌다. 아직 자신의 재능이 통하는 무대임은 분명했으나, 일본에서처럼 압도적이라고까지 할 수는 없었다. 자신보다 한 살이나 어린 웨인 루니에게 압도당한 경험까지 있지 않은가.

민혁은 패스 하나하나에 정신을 집중해 몸에 새겼다. 다급한 상황에서도 빠르고 정확한, 그러나 동료는 쉽게 받을 수 있는 패스를 할 수 있도록 하기 위함이었다.

"좋아. 그만!"

필 버트는 두어 번 손을 마주쳐 주목을 끌었다. 패스 훈련을 끝낸다는 뜻이었다.

"각자 스트레칭하고 훈련을 마무리한다. 모레 경기 있으니까 내일은 각자 개인 훈련만. 알겠지?"

"네!"

"좋아, 해산!"

버트는 다시 손뼉을 친 후 몸을 돌렸다. 마무리는 보조 코치들이 해줄 테니 자신이 여기 남아 있을 이유는 없었다.

그가 막 훈련장을 떠나는 순간, 스트레칭을 끝낸 민혁은 아차 하는 표정으로 입을 열었다.

"…다음 경기 상대가 누구였지?"

* * *

민혁의 고민은 또 다른 고민에 밀렸다. 성적표라는 이름의 고민이었다.

"윤."

"네?"

"공부 좀 해."

"……."

민혁은 담임이 내민 성적표를 받아 들고는 한숨을 내쉬었다. 아무리 영어가 어렵다 하지만 평균 B—라는 성적이 나올 줄은 몰랐기 때문이었다.

그나마 위안을 주는 건 수학과 과학이 A라는 사실이었다. 이것들이 없었다면 성적은 분명히 C였을 테고, 그랬다면 이 성적표를 집으로 보낼 생각은 꿈에도 못 했으리라.

'아니, 그냥 안 보내면 안 될까.'

잠깐 고민하던 민혁은 성적표를 곱게 접어 책 사이에 끼워 넣었다. 역시 집으로 보내는 것보단 잊어버렸다면서 시간을 끄는 게 좋을 것 같았다.

"애도 있는데 이런 거 보여줘서 스트레스 주면 안 되지."

민혁은 그렇게 말하며 합리화를 시도했다. 이건 절대 야단을 맞기 싫어서가 아니라, 박순자 여사의 배 속에 있는 동생의 태교를 위함이라는 명분을 찾은 것이다.

민혁이 자신에 대한 합리화를 시도할 때, 옆자리에 있던 금발의 소년이 그를 보며 질문을 던졌다.

"윤, 성적 잘 나왔어?"

"B—."

"잘 나왔네."

"망했어. 언어가 C거든."

금발 소년은 눈을 깜박였다.

"잠깐, 언어가 C인데 B—라고? 그게 말이 돼?"

"수학이랑 과학이 A니까."

"언어가 C인데 수학이 A라고?"

그는 정말 놀란 표정을 짓고 있었다. 그 쉬운 언어가 C인데 수학이 A라니.

"난 외국인이잖아. 영어 진짜 어렵다고."

"그거야 그렇다치고… 어떻게 수학에서 A가 나와?"

"한국에서 수학을 엄청나게 공부했거든. 아마 고등학교 레벨까지 풀 수 있을걸?"

"뭐?"

"한국에선 미적분도 배웠어."

"그게 뭐야?"

금발 소년은 고개를 갸웃했다. 미적분이란 단어 자체를 처음 듣는 탓에 놀라움을 느끼지도 못하고 있었다.

하지만 아는 사람이라면 놀랄 수밖에 없는 일이었고, 공교롭게도 민혁의 담임이 그 이야기를 듣고 말았다.

민혁의 담임은 믿을 수 없다는 표정을 지었다.

"13살한테 미적분을 가르친다고?"

물론 영국의 수학 교육이 한국보다 과정이 늦긴 했다. 이는 영국의 교육이 한국과는 다른 체계를 가지고 있기 때문이었는데, 공식을 외워 암기하는 주입식교육을 택한 한국과 달리, 영국은 수학의 개념과 수학이라는 학문의 기능, 그리고 수학에 대한 이해를 교육의 목표로 설정하고 있는 게 원인이었다.

다시 말해, 문제를 풀 수 있는 것에 주력하지 않고 수학이라는 학문의 개념을 이해시키는 것에 주력하고 있다는 뜻이었다.

하지만 그래도 초등학생에게 미적분을 가르친다는 건 말도 안 됐다. 그건 강남의 치맛바람에 휩싸인 일부 학생들이나 학원에서 배울 법한 영역이니까.

"윤, 진짜야?"

"어… 음……."

난감해진 민혁은 어색한 표정으로 입을 열었다.

"제가 좀 빨랐어요."

"아무리 그래도 그렇지. 그게 말이 돼?"

"…한국은 사교육이 심하거든요."

민혁은 필사적으로 변명을 시도했다. 1984년생이 맞이하게 되는 6차 교육과정에서는 고등학교 2학년이 되어야 미분과 적분을 가르치기 때문에, 미적분을 배웠다는 말을 납득시키려면 그런 말밖에는 할 수 없었다.

"잠깐만."

민혁의 담임은 품고 있던 노트를 꺼내 두 개의 문제를 적었다.

"이거 한번 풀어봐."

"제가 왜요?"

"풀면 청소 면제해 줄게."

그녀의 제안은 민혁의 구미를 당겼다. 선진국인 영국이지만 교육 예산의 문제로 학급 청소를 학생들이 맡고 있었다. 때문에 청소를 하느라 훈련에 늦는 경우가 있던 민혁으로서는 거절할 이유가 없었다.

노트를 받은 민혁은 머리를 쥐어짜 냈다. 적분은 기억나지 않지만 미분은 간신히 기억이 났다.

"여기요."

"적분은?"

"배운 지 오래돼서 기억 안 나요."

"…오래돼?"

민혁은 어깨만 으쓱했다. 거의 20년 전에 배운 거라고 할 수는 없었으니까.

'혹시 애 천재 아닐까?'

민혁의 담임은 망상에 빠졌다. 이 나이에 미분을 할 줄 안다는 건 믿을 수 없는 성과였다. 비록 언어를 비롯한 몇몇 과목은 성적이 좋지 않지만, 어쩌면 그건 영국에 온 지 얼마 되지 않았기 때문일지도 몰랐다.

아니, 분명히 그럴 터였다. 새 언어를 배우는 건 어려운 일이고, 그로 인해 본신의 능력이 제대로 발휘되지 않았을 수 있었다.

'그래, 그게 아니면 수학을 이렇게 잘할 수 없어.'

그녀는 민혁이 천재가 분명하다고 믿어버렸다.

수학이야말로 학문의 왕이며, 그 사람의 학습 능력을 판단하는 데 가장 좋은 검증도 수학이니까.

"혹시 축구 그만두고 공부해 볼 생각 없니?"

"없는데요."

민혁은 단호히 말했다. 박순자 여사의 압박이 사라진 지금, 그런 압박을 가족도 아닌 담임에게 느끼고 싶지는 않았다.

민혁의 담임은 아쉬움을 느꼈다. 하지만 그 아쉬움은 그렇게까지 크지 않았고, 오히려 다른 기대를 불러오고 있었다. 교사로서의 그녀는 좋은 학생을 잃는다는 아쉬움을 느꼈지만, 축구 팬으로서의 그녀는 좋은 선수가 될 자질을 가진 유망주가 있다는 기대감이 들었던 것이다.

물론 머리가 나빠도 좋은 선수는 될 수 있었다. 7~8세 정도의 지능을 가지고 있던 가린샤도 남미를 대표하는 선수 중 하나로 꼽히듯, 신에게 부여받은 피지컬과 감각이 있다면 최고의 자리에 오를 가능성은 충분했다.

그래도 머리가 나쁜 선수보다는 머리가 좋은 선수가 높은 평가를 받을 가능성이 높았다. 역대 최고로 꼽히는 선수들을 볼 때, 펠레와 가린샤를 제외한 나머지는 결코 머리가 나쁜 선수가 아니었고, 그 펠레도 IQ 측정 방법에 적응을 하지 못해 68이라는 수치가 나왔을 뿐이라는 이야기가 있으니 말이다.

"윤, 너 아스날 유스라고 했지?"

"네."

민혁의 담임은 진지한 표정으로 말을 이었다.

"혹시 밀월로 이적할 생각 없니?"

*　　　*　　　*

민혁은 지끈거리는 머리를 살짝 눌렀다. 학교에 있는 내내 밀월로 이적할 생각이 없냐며 시달렸기 때문이었다.

'FM이면 싫어하는 팀에 밀월이 있었겠지.'

하기야 밀월 팬과 찰튼 팬이 많은 지역이니 그런 일도 이상하지 않았다. 당장 입학 수속을 밟던 날 만난 교직원도 밀월 팬이 아니었던가.

머리가 다시 아파진 민혁은 고개를 홰홰 저어 불편한 생각을 지워 버렸다.

다행히 생각은 금세 지워졌다. 묘한 표정으로 다가온 저스틴 호이트가 꺼낸 말 덕분이었다.

"윤! 1군에 새 선수 들어온 거 봤어?"

"몰라. 누구 왔어?"

"응. 프레드릭 융베리? 뭐 그런 이상한 이름이더라고."

"…융베리?"

민혁은 입을 쩍 벌렸다. 아스날 무패 우승의 주역이자 아스날 역대 베스트 11에서 오른쪽 윙을 차지하고 있는 선수가 아닌가.

"융베리가 왔어?"

"아는 선수야?"

"이름은 들어봤어. 본 적은 없지만."

"난 아예 처음 듣는 이름인데."

저스틴은 살짝 고개를 저었다. 이번에 영입한 선수가 아스날에 과연 도움이 되기는 할까 싶어서였다.

그 의미를 이해한 민혁은 웃으며 말했다.

"괜찮아. 분명히 도움이 되는 선수니까. 어쩌면 아스날 역대 최고의 윙으로 꼽힐지도 모르고."

"그렇게 잘해?"

"잘하니까 감독님이 데려왔겠지."

저스틴은 납득하기 힘들다는 표정을 지었다. 벵거라고 해서 영입에 실패하지 말라는 보장은 없지 않은가.

'하긴. 앤 감독님이 데려왔지.'

그 기억은 저스틴을 납득시켰다. 그런 배경을 가지고 있다면 벵거에 대한 믿음이 굳건한 것도 이상하지 않았다.

그는 말을 멈추고 훈련에 집중했다. 정식 훈련은 끝나 집에 돌아갈 시간이지만, 민혁이 혼자 남아 훈련을 계속하자 그도 따라 남아서 훈련을 하게 되었던 것이다.

"근데 윤."

"왜?"

"훈련을 왜 이렇게 열심히 해?"

"너도 하잖아."

"그야 네가 하니까……."

민혁은 저스틴의 반응을 보고는 어깨를 으쓱하며 말을 이었다.

"루니 봤지?"

"누구야?"

"에버튼에 있던 꼬마."

곰곰이 생각하던 저스틴은 고개를 끄덕였다. 후반에 나와서 두 골을 넣었던 11살 꼬마를 잊을 리 없었다.

"그 녀석 이기려면 열심히 해야지."

"걘 포워드잖아. 넌 미드필더고."

"미드필더는 공격수 보고 경쟁심 느끼면 안 되냐?"

저스틴은 별말 없이 어깨만 으쓱했다. 안 될 건 없지만 굳이 경쟁심을 느낄 이유도 없다고 여긴 모양이었다.

민혁은 그에게서 고개를 돌리고 공을 들고 훈련을 재개했다. 기본기 강화를 위한 트래핑 연습이었다.

그 연습이 10분을 살짝 넘을 즈음, 트래핑을 연습하는 민혁의 머리 위로 누군가의 그림자가 드리워졌다.

"너 미적분도 할 줄 안다며?"

"네?"

민혁은 당황한 표정으로 상대방을 보았다. 도대체 누구기에 그 사실을 안단 말인가.

고개를 돌려 상대를 확인하자, 당황은 한층 더 짙게 다가왔다. 너무도 뜻밖의 인물인 탓이었다.

'팔러?'

민혁에게 말을 건넨 사람은, 2018년에 한 언론사로부터 프리미어리그 역대 최고의 영국인 미드필더 5인 중 하나로 꼽힌 아스날의 레전드 레이 팔러였다.

하지만 아스날에서 팔러의 위치는 공고하지 못했다. 잉글랜드에선 롬포드 펠레(Romford Pele)라고 불리던 테크니션이었지만 이후 영입된 선수들에 비해서는 테크닉이 떨어졌다.

전 세계적인 테크니션이던 데니스 베르캄프는 물론이고, 수비형미드필더였던 비에이라조차도 그보다 뛰어난 기술이 있었던 탓이다.

거기에 이번에 영입된 융베리도 있었다. 화려하다기보다는 저돌적인 플레이를 보이는 융베리였지만, 레이 팔러를 몰아낼 만큼의 실력은 있었다.

때문에, 레이 팔러는 아스날의 주전이 되지 못했다. 브루스 리오치가 감독으로 있던 아주 잠깐의 시간을 빼고는 말이다.

그렇다고 해서 레이 팔러가 별 볼 일 없는 선수는 아니었다. 당장 전 시즌인 1997–98 시즌 더블에도 큰 공헌을 했으며, 특별한 변화가 없다면 앞으로 있을 2001년 FA 컵에서도 우승을 결정짓는 골을 넣게 될 선수였다. 월드 클래스까지는 못 돼도 그 바로 아래 수준은 되는 선수란 뜻이었다.

그런 것들을 전부 다 제쳐두더라도, 민혁처럼 16세 이하 팀에서 뛰는 유망주에겐 아스날의 1군이라는 것만으로도 까마득한 우상으로 꼽히기에 부족함이 없었다.

"어… 저 아세요?"

"윤 아냐?"

"맞긴 한데요……."

민혁은 당황을 지우지 못했다. 그래도 아스날 유스 중에서는 손꼽히는 재능으로 불리는 자신이니 레이 팔러가 자신을 아는 것도 이상할 것까진 아니었지만, 미적분과 관련된 일까지 안다는 건 놀라운 일이었다.

그런 기색을 느낀 팔러는 웃으며 말했다.

"네 담임이 내 친구 와이프거든."

"아……."

민혁은 입을 살짝 벌리고 고개를 끄덕였다. 세상 참 좁다는 생각이 드는 순간이었다.

"잠깐. 남편 친구가 아스날 선수인데 밀월 팬을 한다고요?"

"응? 그게 왜?"

팔러는 그게 무슨 문제냐는 표정을 지었다. 민혁은 그 반응에 한층 더 당황하다가, 개인주의가 발달한 서구권에서는 딱히 이상한 일이 아니란 걸 기억하고는 놀라움을 지웠다. 하기야 90년대 한국에서나 욕을 먹을 이야기지, 2000년대 중반을 넘어서면 한국에서도 안 좋은 소리를 들을 일이 아니었다.

그런 민혁을 유심히 살피던 팔러는 피식 웃고는 화제를 돌렸다.

"버트에게 들으니까 축구도 제법 한다며?"

"그러니까 여기 있죠. 아저씨도 여기서 훈련해서 올라간 거잖아요."

"…아저씨?"

"그럼 뭐라고 불러요?"

"아니, 아저씨 맞지."

팔러는 애매한 느낌의 표정을 지은 채 민혁을 보다, 그를 찾아온 이유를 떠올리며 다시 화제를 돌렸다.

"아무튼, 기술 좀 볼 수 있을까?"

"네?"

"버트가 칭찬을 많이 해서 말이지."

민혁은 상황을 완벽하게 이해했다. 자신의 담임, 그러니까 팔러에겐 친구의 와이프인 그녀에게 민혁 자신에 대한 이야기를 듣고 관심이 생겼고, 확인차 필 버트를 찾아갔다 들은 이야기로 관심이 더 커져 찾아왔을 거라는 생각이었다.

'뭐, 나쁠 건 없지.'

민혁은 공을 살짝 띄워 손으로 잡고는 입을 열었다.

"어떤 거 보여주면 돼요?"

"아무거나."

"1 대 1 어때요?"

"응?"

"돌파해 보겠다는 거예요."

"날 상대로?"

"네."

팔러는 잠깐 당황스럽다는 표정을 지었다. 주 포지션이 수비형미드필더는 아니었지만, 그래도 그 역할을 잠시 수행하기도 했던 자신에게 1 대 1을 제안할 줄은 몰랐기 때문이었다.

"자신감이 넘치는데?"

"없는 것보단 낫죠."

민혁은 공을 떨어뜨린 후 팔러를 보았다. 시작해도 되겠냐는 의미였다.

"좋아, 해보자."

"갈게요."

민혁은 공을 몰고 천천히 다가갔다. 공을 간수하는 것 자체는 아직 어려 다리가 짧은 자신이 유리하지만, 팔러가 피지컬을 무기로 밀고 들어오면 반드시 공을 뺏길 터였다.

하지만 민혁은 그런 가능성은 머리에서 지워 버렸다. 기술을 보겠다며 찾아온 그가 그런 무식한 방법을 쓰지는 않을 거란 계산이었다.

그로부터 얼마 후.

확인을 끝낸 팔러는 놀라움을 감추지 못했다. 기술적인 부분만 놓고 보면 자신보다 못할 게 전혀 없었다.

'이 녀석, 이거…….'

그는 벌어진 입을 다물지 못했다. 데니스 베르캄프를 보고 놀랐을 때와 비슷한 느낌이었다.

"음… 테크닉 좀 가르쳐 주려고 했는데 내가 손을 볼 레벨이 아니구나."

"뭐, 스토이코비치한테 배웠으니까요."

"응? 누구?"

"드라간 스토이코비치요. 일본에 있을 때 잠깐 배웠어요."

팔러는 조금 전보다 훨씬 더 놀라 버렸다. 그 역시 드라간 스토이코비치라는 이름을 알기도 했고, 베르캄프의 플레이를 본 아르센 벵거가 스토이코비치와 비슷한 수준이란 평가를 내리는 걸 옆에서 듣기도 했기 때문이었다.

한참 동안 말을 잇지 못하던 그는 문득 떠오른 생각에 고개를 끄덕인 후 말을 이었다.

"아… 그래. 네가 그 애구나. 감독님 추천으로 일본에서 따라왔다던."

"네."

"스토이코비치한테 뭘 배웠는데?"

"그냥 이것저것 배웠죠."

"그래서 테크닉이 좋구나."

팔러는 납득했다. 너무도 빠른 반응이라 오히려 민혁이 당황할 정도였다.

'…그렇게 많이 배운 건 아닌데.'

민혁은 목구멍까지 올라온 말을 삼켰다. 사실 그에게 배운 기술은 아직 실전에서 쓰기 힘든 리프팅 드리블밖에 없었다. 익숙해진다면 분명 훌륭한 무기가 되겠지만, 아직은 몸에 붙이지 못한 기술이었다.

민혁이 주로 사용하는 라 크로케타와 플립플랩은 스토이코비치에게 배운 게 아니었다. 라 크로케타는 사비와 이니에스타의 영상을 자주 보면서 익혔던 거고, 플립플랩은 호나우두와 호나우딩요의 영상을 보면서 익힌 기술이었다. 스토이코비치의 손이 닿은 기술이 아니라는 이야기였다.

그걸 알 리 없는 팔러는 천천히 고개를 끄덕이며 말을 꺼냈다.

"이거, 16세 팀에 있을 만한 애가 아닌 것 같은데."

"피지컬이 문제죠."

민혁의 키는 154cm, 체중은 49kg이었다. 한국인 평균보다는 조금 더 크고 몸무게도 많이 나갔지만 영국에서는 평균에 미치지 못하는 신장과 체중이었고, 월반까지 한 지금에 있어선 경기장에서 가장 작고 가벼운 선수 중 하나로 꼽혔다.

"18세 팀에 올라가면 몸싸움 한 번에 그냥 날아가 버릴걸요."

"그건… 그렇구나."

팔러는 납득했다. 그건 자신도 예전에 경험해 보았던 사실이었다.

처음 18세 팀으로 월반했던 날, 주전도 아닌 후보선수의 몸싸움에 밀려 나뒹굴었던 자신이 아니었던가.

더구나 그때의 자신은 지금의 민혁보다 두 살이 많았다. 키도 몸무게도 더 크고 무거웠단 이야기다.

"다른 녀석들한테도 말해야겠어. 스토이코비치 제자가 있다고."

"제자까지는 아닌데요."

"과장 좀 하는 거지."

팔러는 피식 웃으며 말했고, 가만히 이야기를 듣던 저스틴은 팔러에게 물었다.

"스토이코비치가 누구예요?"

"…스토이코비치를 모른다고?"

팔러는 눈을 깜박였다. 조금은 당혹감도 느껴지는 표정이었다. 1986년 월드컵 베스트 11에 든 드라간 스토이코비치를, 그 유명한 발칸의 마라도나를 어떻게 모를 수 있느냐는 느낌이 들었던 것이다.

그와 반대로, 민혁은 대수로울 것 없다는 반응을 보였다.

"모를 수도 있죠. 지금 일본에서 뛰는 선수니까요."

"아무리 그래도 발칸의 마라도나를 모른다는 건……."

저스틴은 의아한 표정으로 물었다.

"그건 하지 아니에요?"

"하지랑 스토이코비치 둘 다 별명이 그거야."

"누가 더 잘해?"

"하지랑 스토이코비치 둘 다 1988년 발롱도르 후보에 올랐지. 각각 1표씩밖에 못 받긴 했지만."

거기까지 말한 민혁은 조금 더 생각을 정리한 후 말을 이었다.

"아마 비슷비슷할 거야. 1990년 월드컵 땐 스토이코비치랑 마라도나가 붙어서 스토이코비치가 판정승을 거둔 적은 있는데, 그거야 스토이코비치 인생 경기라……."

"하지가 조금 더 나을걸?"

"그래요?"

팔러는 고개를 끄덕였다. 스토이코비치가 받은 1표는 자국인 유고슬라비아에서 준 거지만, 하지가 받은 1표는 루마니아가 아닌 이탈리아에서 준 표였기 때문이었다.

"아무튼, 스토이코비치의 제자라 이거지……."

"제자까지는 아니라니까요. 별로 배운 것도 없는데 무슨 제자예요."

"별로 배운 것도 없는데 그 정도라고?"

"제가 원래 좀 잘났죠."

민혁은 반쯤 농담 삼아 말했다. 하지만 팔러는 그 말을 진심으로 이해했는지, 진지한 표정으로 한참 동안 고개를 끄덕거렸다.

그 진지함에 기분이 이상해진 민혁이 농담이었다고 말하려 할 때, 팔러는 민혁의 어깨를 두드리며 입을 열었다.

"너. 내일 1군 훈련장에 나와라."

4
베르캄프

민혁은 3일이 지나서야 1군이 훈련하는 장소로 갈 수 있었다. 찰튼 애슬래틱 유소년 팀과의 U-16 경기가 있었기 때문이었다.

필 버트를 통해 말을 전하긴 했지만, 그래도 이틀이나 늦었다는 건 민혁을 긴장시켰다. 거기에 1군 훈련장에 들어간다는 긴장감도 민혁을 감싸, 민혁은 왠지 가슴이 두근대는 걸 느끼며 문을 밀고 안으로 향했다.

그가 막 안으로 들어선 순간, 입구에서 가장 가까운 곳에 있던 두 명이 민혁을 보고 입을 열었다.

"응? 꼬맹이잖아?"

"꼬마야, 아카데미는 여기가 아니야."

머리가 반쯤 벗겨진 백인과 머리를 빡빡 밀어버린 덩치 좋은 흑인 선수가 민혁을 보고 입을 열었다. 둘 다 민혁이 아는 얼굴이었다.

'비에이라랑 스티브 보울드잖아!'

민혁은 침을 꿀꺽 삼켰다. 한쪽은 아스날의 전설적인 미드필더 파트리크 비에이라, 그리고 또 다른 한쪽은 차후 아스날의 수석 코치가 되는 스티브 보울드였다.

"음… 아카데미 가는 길 모르니? 아카데미는 여기서 나가서 오른쪽으로 쭉 가다가……."

"팔러 아저씨가 불러서 왔는데요."

"응? 누구?"

"레이 팔러요."

비에이라는 고개를 돌려 팔러가 있는 방향을 보았다.

"팔러! 동양인 꼬마 부른 적 있어?"

"응? 왔어?"

이름 모를 선수와 공을 주고받던 팔러는 굴러온 공을 멈추고 고개를 돌렸다.

"아들이냐?"

"동양인인데 무슨 아들이야. 게다가 이만한 애가 있으려면 몇 살에 사고를 쳐야 되겠어?"

팔러는 스티브 보울드의 농담에 미간을 좁히며 답했다. 스티브 보울드는 농담이었다고 말하며 씨익 웃었고, 비에이라는 여전히 미간을 좁히고 있는 팔러에게 질문을 던졌다.

"가르치려고?"

"나보다 잘하는데 내가 뭘 가르쳐?"

스티브 보울드는 눈썹을 찡그리며 말했다.

"팔러, 그 농담 재미없어."

"진짜야. 얘가 나보다 테크닉 좋아."

팔러의 표정은 진지했고, 그제야 농담이 아님을 느낀 비에이라는 확인차 물었다.

"진짜?"

"베르캄프 말고는 얘보다 테크닉 좋은 사람 여기에 없을걸?"

"무슨 말도 안 되는 소리야?"

"얘 스토이코비치 제자야."

"제자까지는 아니라니까요."

스티브 보울드와 비에이라의 표정이 갑자기 변했다. 심지어 멀리서 지켜보기만 하던 토니 아담스까지 민혁에게 다가올 정도였다.

"스토이코비치? 드라간?"

"네."

"지금 유럽에 없잖아."

"저 일본에서 왔어요."

"아……."

토니 아담스는 그제야 이해가 된다는 표정을 지었다. 그러고 보니 유스 팀에 그런 애가 있다는 소리를 들은 것도 같았다.

그들이 놀라고 있을 때, 등번호 1번이 새겨진 유니폼을 입은 골키퍼가 다가와 입을 열었다. 데이비드 시먼이었다.

"그래도 못 믿겠는데. 이만한 애가 테크닉이 좋아봐야 얼마나 좋겠어?"

민혁은 울컥했다. 아무리 아스날의 레전드인 시먼이라도 이렇게 무시를 당할 수는 없었다.

"공 주세요."

"호오……."

시먼은 공을 툭 차서 민혁에게 보냈다.

공을 잡은 민혁은 길게 숨을 내쉬어 긴장을 지웠다. 그러고는 공을 툭툭 차 감각을 깨운 후, 그대로 공을 몰고 비에이라와 보울드 사이를 빠져나갔다. 민혁이 가장 잘 쓰는 라 크로케타(La Croqueta)였다.

"어라?"

"응?"

민혁은 공을 발끝으로 올려 툭툭 친 후 다시 그들 사이로 돌진했다. 피식 웃은 비에이라는 민혁에게 다가가 압박을 가했고, 보울드는 눈썹을 꿈틀한 후 비에이라의 뒤편에서 상황을 보았다. 비에이라가 저런 꼬마의 공을 뺏지 못할 리 없다고 생각한 탓이었다.

하지만 비에이라는 아직도 민혁을 얕보고 있었다. 첫 돌파가 기습에 의한 것이기 때문이었다.

그것은 민혁에게 틈을 주었다.

민혁은 왼발로 공을 살짝 멈춰 비에이라의 시선을 끈 후, 곧바로 오른발로 멈춰둔 공을 툭 쳐서 비에이라의 가랑이 사이로 보냈다. 완벽한 기습이었다.

비에이라는 당황해 고개를 돌렸다. 정상적인 상황이었다면 민혁을 가볍게 밀어내고 공을 빼앗았겠지만, 그는 자신이 민혁과 몸싸움을 했다간 민혁이 다칠지도 모른다는 생각에 플레이를 이어갈 수 없었다.

그가 움찔한 순간, 민혁은 아직 죽지 않은 가속도로 그를 제치고는 공을 잡아 스티브 보울드를 향해 달렸다.

"엇?"

보울드는 이번에도 민혁을 놓쳤다. 민혁이 비에이라를 뚫으리라고는 생각도 못 했던 까닭이었다.

하지만 보울드를 제친 민혁은 옆에서 날아온 태클에 공을 뺏겼다. 아스날의 레프트백인 나이젤 윈터번이었다.

"억!"

"옆을 잘 봐야지."

윈터번은 피식 웃고는 고개를 돌려 팔러에게 물었다.

"이 꼬마 뭐야?"

"말했잖아. 스토이코비치 제자라고."

"제자 아니라니까요."

민혁은 자리에서 일어나 옷을 툭툭 털었다. 뭔가 치사하단 생각이 들긴 했지만, 그런 자신도 기습적으로 비에이라를 제쳤으니 딱히 불만을 갖기도 어려웠다.

"이 꼬맹이 장난 아닌데?"

"그러니까 불렀지."

팔러는 놀란 비에이라의 어깨를 툭툭 치며 민혁을 보다, 주변을 두리번거린 후 입을 열었다.

"데니스 없어?"

"지금 열차 타고 런던으로 오는 중일걸?"

"그놈의 비행기 공포증……."

대답을 들은 팔러는 고개를 저었다.

베르캄프는 비행기 공포증을 가지고 있었다. 그로 인해 논 플라잉 더치맨(Non-Flying Dutchman)이라는 별명까지 붙을 정도였는데, 우습게도 그 공포증은 한 기자의 거짓말에서 비롯되었다.

그 기자는 네덜란드 국가대표가 탈 비행기에 폭탄이 설치되었다고 주장했고, 그로 인해 베르캄프가 타고 있던 비행기의 운항이 취소되는 일이 있었다.

물론 폭탄은 발견되지 않았다.

하지만 그 이후, 베르캄프는 비행기를 탈 때마다 이 비행기가 폭파당할지도 모른다는 불안을 느껴 컨디션이 급격히 떨어지는 문제가 생겼다. 축구선수로서는 치명적인 부분이었다.

때문에 그는 해외 원정을 나갈 때마다 기차나 배를 이용하는 신세가 되었다.

지금 그가 여기에 없는 것도 그런 이유 때문이었다. 어제 있었던 랑스와의 챔피언스리그 경기가 끝난 후, 다른 선수들은 전부 비행기를 타고 런던으로 돌아왔지만 베르캄프는 랑스의 호텔에서 하루를 자고 유로 스타를 통해 런던으로 오게 되었던 것이다.

'망할 기자놈.'

콧잔등을 찡그린 팔러는 이름도 기억나지 않는 기자를 욕했다. 다음과 그다음 챔스 경기는 홈경기나 그렇다 쳐도, 랑스 이후 첫 원정인 디나모 키예프전과 그다음 원정인 파나틱나이코스전에선 베르캄프가 나오지 못할 가능성이 높기 때문이었다.

그가 그렇게 기자 욕을 하고 있을 때, 삐걱대는 소리와 함께 누군가의 목소리가 들려왔다.

"이 꼬마는 뭐야?"

*　　　*　　　*

"아, 한국!"

베르캄프는 두 손을 마주치며 탄성을 흘렸다. 월드컵에서 맞닥뜨린 상대 중 가장 기억에 남는 선수가 있는 나라였다.

"거기 골키퍼 정말 대단했지."

"놀리는 거죠?"

"진심이야."

그는 진지한 얼굴로 말했다. 결코 농담으론 보이지 않는 표정이었다.

베르캄프가 말한 골키퍼는 네덜란드전에서 27개의 유효 슈팅 중 22개를 선방해 낸 김병지였다.

그의 대회 전체 성적은 3경기 출전, 56개의 유효 슈팅 중 47개 차단이었고, 그로 인해 월드컵 슈퍼세이브 2순위와 야신상 후보에 오른 골키퍼계의 전설이었다.

당시 네덜란드 국가대표팀의 감독이었던 히딩크조차 극찬을 했을 정도였으니, 그를 직접 상대했던 베르캄프가 기억을 못 하는 게 이상할 터였다.

1998 프랑스 월드컵 네덜란드 대 한국전은 베르캄프 대 김병지 스페셜이나 다름없었으니까.

"근데 너 일본에서 왔다며?"

"한국인은 일본에서 축구하면 안 돼요?"

베르캄프는 할 말을 잃었다. 네덜란드인인 자신도 잉글랜드에서 축구를 하고 있지 않은가.

잠깐 굳어 있던 그는 고개를 돌리며 입을 열었다.

"이 꼬마 당돌한데?"

"실력도 그만큼 되더라고. 비에이라를 뚫더라니까."

"봐준 거야."

비에이라는 인상을 썼다. 설마하니 진지하게 상대해서 뚫렸겠느냐는 얼굴이었다.

민혁은 그걸 보고는 재빨리 말했다.

"안 봐줬으면 전 지금 병원에 있었겠죠."

"그래, 맞아."

비에이라는 고개를 끄덕였다. 그 말엔 다른 선수들도 공감을 할 수밖에 없었다. 고작해야 50㎏이나 나갈까 말까 한 민혁이 100㎏에 육박하는 비에이라의 몸싸움을 견딜 수 있을 리 없으니 말이다.

"잠깐 볼 수 있을까?"

"네?"

베르캄프는 공을 발끝으로 찍어 올려 민혁에게 건넸다. 테스트를 해보고 싶다는 뜻이었다.

그는 손을 까닥거렸다. 비에이라를 뚫었다면 자신도 뚫을 수 있지 않겠느냐는 의미로 보였다.

'뚫어보라 이거지.'

민혁은 공을 툭툭 쳐 감각을 깨운 후 그를 보았다.

"가도 돼요?"

"물론."

베르캄프는 웃었다. 민혁이 아무리 뛰어나 봐야 애는 애라는 듯한 표정이었다.

그 표정은 오히려 민혁을 침착하게 만들었다. 베르캄프는 민혁이 비에이라를 뚫었다는 사실을 알고 있었다. 물론 기습적인 시도였던 데다, 비에이라가 민혁이 다칠 걸 우려해 멈칫한 탓이라고는 해도 말이다.

'후…….'

민혁은 숨을 차분히 뱉었다. 기회는 단 한 번이었다.

그는 공을 살짝 띄워 무릎으로 튕겨낸 후 베르캄프의 다리 사이를 노리고 공을 몰았다. 다리 길이의 차이 때문에 측면으로 빠져나가기엔 무리가 있었다.

하지만 그건 베르캄프도 알고 있는 부분이었다.

베르캄프는 민혁의 공을 빼앗아 발끝으로 차올려 이마로 받았다. 149㎝에 불과한 민혁으로서는 터치할 수 없는 높이였다.

"제법 하는데?"

"……."

"왜?"

"뺏겼잖아요."

"그럼 돌파할 수 있을 줄 알았어?"

베르캄프는 어이가 없다는 표정을 지었다. 16세 팀의 꼬마가 방심도 하지 않고 있는 자신을 정말로 뚫으려 했다는 게 당돌해 보이는 모양이었다.

"그래도 제법 하는데? 한 3년만 있으면 1군도 오겠어."

"피지컬 때문에 안 될 것 같은데?"

"그거야 고기 잘 먹고 훈련도 잘하면 되지."

"아무튼 기술은 굉장하네. 스토이코비치한테 잘 배웠나 본데."

아스날 1군 선수들은 서로를 보며 떠들었다. 민혁에 대해선 대부분 호의적인 시선이었는데, 아마도 직접적인 경쟁 상대는 아니기 때문인 것 같았다.

그러던 중, 별 관심 없는 것처럼 트래핑을 연습하던 선수가 입을 열었다. 마틴 키언이었다.

"데니스, 뭐 하나 보여주지 그래?"

"그럴까?"

베르캄프는 공을 어깨로 받아 튕긴 후 발등에 떨궜다. 공은 조금의 움직임도 없이 베르캄프의 발에 고요히 안착했고, 민혁은 숨을 멈추고 그것을 보았다. 자신도 볼컨트롤엔 자신이 있지만 저렇게까지 안정적인 모습은 보일 수 없었다.

'전성기도 살짝 지난 사람이…….'

베르캄프의 전성기는 아약스 시절이었다. 아스날 시절의 활약도 대단했지만, 인터 밀란에서 죽을 쑨 후유증 때문인지 그때만은 못했다. 당장 발롱도르 순위권에 올랐던 시기가 전부

아약스에서 뛸 때의 일임이 그것을 증명하고 있었다.

그걸 아는 민혁은 살짝 아쉬움을 느꼈다. 만약 세리에로 가지 않고 바로 EPL로 왔으면 지금보다 더 뛰어난 플레이를 보이지 않았을까 싶어서였다.

민혁이 그런 생각을 하고 있을 때, 뒤편에서 익숙한 목소리가 들렸다.

"지금 뭐 하는 거지?"

고개를 돌린 민혁은 어리둥절한 표정을 짓고 있는 두 사람을 볼 수 있었다.

아스날의 감독인 아르센 벵거와 수석 코치 팻 라이스였다.

*　　　*　　　*

"진짜? 베르캄프가 가르쳐 준대?"

저스틴 호이트는 놀라 외쳤고, 멀리서 귀동냥을 하던 제롬 토마스는 민혁을 노려보았다. 마치 자신의 것을 뺏기기라도 한 것 같은 표정이었다.

"잰 왜 저래?"

시선을 느낀 민혁은 그를 힐끗 보고는 고개를 돌리며 말했다.

"질투하는 거지, 뭐."

저스틴 호이트는 고개를 끄덕였다. 하기야 다른 사람이 베르캄프에게 튜터링을 받는다면 질투심이 이는 게 당연할 터였다.

수비수인 자신마저도 부럽다는 생각이 드는데, 공격수를 지망하는 제롬 토마스가 질투를 느끼지 않는 게 오히려 이상한 일이 아닐까.

"부럽네."

민혁은 어깨만 으쓱했다. 여기서 무슨 말을 하건 자랑으로 들릴 게 뻔하기 때문이었다.

잠시 후, 필 버트가 보조를 맡은 코치들과 안으로 들어오다 민혁을 발견하고는 입을 열었다.

"윤, 베르캄프 만났다며?"

"팔러한테 들었어요?"

"베르캄프한테."

필 버트는 웃으며 말을 이었다.

"나한테 배울 필요 없는 거 아니야?"

"실없는 소리 하지 말고 공이나 줘요."

민혁은 주변을 슬쩍 둘러보며 짜증을 냈다. 그렇지 않아도 여기저기서 계속 보는 바람에 신경이 곤두서 있는 상황이었다. 코치까지 신경을 건드리는데 좋은 반응이 나올 리 없는 것이다.

필 버트는 피식 웃고는 공을 던지고 몸을 돌려 말했다.

"내일 경기 있는 거 알지?"

"네!"

"적당히 몸 풀어두고, 20분 동안 미니 게임 할 거니까 무리하지 마라."

"네!"

선수들은 제각기 공을 받아 흩어졌다. 하지만 공을 받고도 가만히 놓아둔 채 스트레칭만 하는 경우가 대부분이었다. 팀 단위의 스트레칭을 제외하고는 모든 훈련에 공을 동반하는 민혁과는 정반대였다.

그런 민혁을 유심히 보던 저스틴 호이트는 공을 툭툭 차며 다가와 민혁에게 물었다.

"윤."

"왜?"

"왜 그렇게 공을 끼고 살아?"

"축구니까."

민혁은 잘 모르겠다는 표정을 짓는 저스틴을 보고 한숨을 쉬며 말을 이었다.

"공에 익숙해지는 게 기본 중의 기본 아니야?"

그건 민혁의 말이 아니라, 회귀 전 다큐멘터리에서 본 첼시 선수의 이야기였다. 다른 구단에 있을 땐 체력 훈련만 죽어라 했는데 첼시에서는 모든 훈련에서 공을 가지고 하기를 요구했고, 그 결과 자신의 볼컨트롤도 향상되었다는 내용이었다.

민혁은 그 발언에 깊은 감명을 받았다. 때문에 그는 회귀 전에도 축구를 할 때면 항상 공을 끼고 살았고, 그 결과 프로 출신도 인정할 만한 볼컨트롤을 갖게 되었다.

그것은 회귀한 후에도 다르지 않았다. 민혁은 가끔씩 일상 생활에서도 공을 가지고 훈련을 할 정도로 공을 끼고 살았는데, 그 결과 베르캄프마저도 인정할 만한 컨트롤을 갖게 된 것이다.

"너도 볼컨트롤 연습 좀 해둬."

"난 수비수인데?"

"수비수는 드리블 아예 안 해? 게다가 너 풀백도 보잖아. 오버래핑해야지."

"드리블이야 뭐……."

저스틴은 혼란에 빠졌다. 그가 생각하는 풀백의 오버래핑은 공간을 보고 빠르게 달려 들어가는 개념이지, 화려한 드리블로 공간을 만들어내는 방식이 아니기 때문이었다.

그건 저스틴만의 이야기가 아니었다. 프리미어리그 20개 구단 중 18개의 구단이 그런 킥 앤드 러시 방식의 축구를, 다시 말해 뻥축구를 하고 있는 게 현실이었다. 그런 축구를 보고 배운 저스틴이라면 다른 생각을 하는 게 이상한 일이었다.

민혁은 설명을 포기하고는 어깨를 으쓱한 후 말했다.

"하기 싫음, 하지 마."

고민하던 저스틴은 일단 민혁을 따라 하기로 마음을 먹었다. 어쨌거나 베르캄프에게 튜터링을 받게 된 민혁이었다. 따라 해서 나쁠 건 없을 것 같았다.

그들이 공을 가지고 훈련을 하는 동안, 훈련장을 찾아온 사무 직원 딕슨은 민혁을 발견하고는 다가오라는 손짓을 보냈다. 할 말이 있는 모양이었다.

민혁이 다가오자, 딕슨은 곧바로 입을 열었다.

"훈련 끝나고 1군 훈련장으로 가봐."

"왜요?"

"베르캄프가 불러."

* * *

"내일 경기한다며?"

"네."

"맨유 맞지?"

베르캄프는 민혁을 보자마자 질문을 던졌다. 다음 경기 상대에 대한 내용이었고, 기억을 더듬은 민혁은 입을 열었다.

"맞아요."

"맨유는 이겨야지."

"그 말 하려고 부른 거예요?"

"테크닉 좀 봐주려고."

그는 말을 끝내며 손가락으로 공을 가리켰다. 자신 있는 플레이를 해보라는 제스처였다.

베르캄프는 냉정한 시선에서 민혁의 플레이를 분석해 주었다. '논 플라잉 더치맨'만큼이나 유명한 별명인 '아이스맨'이라는 별칭이 붙은 이유를 알 것 같았던 시간이었다.

그는 민혁의 드리블을 몇 차례 분석해 본 후 입을 열었다.

"드리블 약간만 줄여. 다칠 수 있으니까."

"그렇게 위험해요?"

"그래."

베르캄프는 공을 툭 쳐서 허공에 띄웠다. 볼을 받는 시점부터 공을 허공에 띄우기까지 걸린 시간은 채 0.1초도 되지 않았다.

"프리미어리그는 거칠지. 이런 플레이를 할 때 터치가 두 번 이상 이어지면 발목으로 태클이 들어와."

"그건……."

민혁은 과거에 보았던 장면을 떠올렸다. 아스날 9번의 저주로 유명한 에두아르도 다 실바와 쇼크로스의 태클로 다리가 부러졌던 아론 램지의 모습이었다.

"여기 심판 놈들은 그걸 잡아주지도 않지. 그걸 생각하면 넌 운이 좋았어."

"…그럴지도 모르죠."

민혁은 진지한 표정으로 고개를 끄덕였다. 그러고 보면 유스 팀 경기 중에도 위험한 장면이 없지는 않았다.

"스콜스 같은 놈한테 걸리면 다리가 부러질걸?"

"스콜스 태클 정말 못하죠."
"알아?"
"들어서 알아요."
민혁이 회귀하기 전, 맨유의 전설인 스콜스는 네 가지 방면에서 유명했다. 첫 번째는 롱패스고 두 번째는 스파이크, 세 번째는 EPL에서 가장 태클을 못하는 사나이란 별명이었으며, 또 다른 하나는 '그말싫'이란 축약어였다.
축구 커뮤니티에 올라온 제라드와 램파드보다 스콜스가 뛰어나다는 주장에 대해 '그래서 스콜스는 발롱도르 몇 표 받았죠?'라는 댓글이 달렸고, 거기에 '그것은 말씀드리기 싫습니다'라는 답변을 한 맨유 팬 때문에 생긴 말이었다.
아무튼 간에, 스콜스란 이름은 민혁을 조금 긴장시켰다. 퍼거슨에 의해 예토전생까지 하며 뛴 스콜스는 민혁의 직접적인 상대가 될 가능성이 높았다. 그렇다면 그 더럽게 위험하기로 유명한 스콜스의 태클을 받을지도 모른다는 뜻이다.
"그럼 드리블을 하지 말라는 거예요?"
"아니, 한 공간에서 볼을 오래 끌면 안 된다는 거야."
"그건 저도 알죠. 좋아하는 플레이도 아니고."
"음… 윤."
"네?"
"아는 것과 하는 건 별개의 일이야."
민혁이 즐겨 쓰는 개인기는 라 크로케타였다. 미카엘 라우

드럽과 안드레아스 이니에스타의 주력 무기였다. 익숙해지기만 하면 간단히 쓸 수 있고 속도를 줄이지 않아도 된다는 점과, 불필요한 동작이 없어 반경도 좁다는 부분이 마음에 들었다.

베르캄프는 그 점을, 다시 말해 개인기의 반경이 좁다는 점을 지적했다. 길게 들어오는 태클을 피하기엔 좋지 않으니 너무 자주 쓰는 건 좋지 않다는 이야기였다.

그건 민혁도 납득할 수 있는 내용이었다. 메시 정도의 민첩함이 있다면 모르겠지만, 설령 그렇다 해도 프리미어리그라면 공을 뺏기보다 발목을 부러뜨리는 걸 선택할지도 모를 일이었다.

"원터치 위주로 플레이하라는 거죠?"

"가능하면."

"전 지금도 원터치 위주로 플레이하는데요?"

"드리블 빈도를 줄이라는 거야."

민혁은 세스크 파브레가스를 떠올렸다. 칼 같은 원터치 패스를 무기로 EPL을 평정한 그는 유소년 시절만 해도 메시와 함께 라 마시아를 대표하는 스코어러였다.

유소년 리그라고는 하지만, 수비형미드필더로 시작했음에도 시즌 30골 이상을 넣어주는 선수가 되어 베르캄프의 후계자로 아스날에 올 정도로 말이다.

그때의 파브레가스는 드리블도 곧잘 하는 선수였다. 하지만 그는 원터치 패스 위주로 플레이를 바꾸며 미드필더의 자리로 내려갔고, 그곳에서 EPL 최고의 미드필더이자 유럽 최고의 킬패서로 명성을 떨쳤다.

아마 파브레가스도 베르캄프에게 똑같은 말을 듣고 스타일을 바꾼 건 아닐까.

'세스크 파브레가스가 2003년에 오던가?'

민혁은 웃었다. 아마 지금쯤 라 마시아에서 메시와 함께 마라도나 놀이를 하고 있겠지.

"왜 웃어?"

"누가 좀 생각나서요."

"누구?"

"아스날 차기 에이스… 는 이제 나구나."

"건방진 소리 하기는."

베르캄프는 피식 웃었다. 아이스맨답지 않은 표정이었다.

"그런데, 차기 에이스라니?"

"음… 아마 벵거 감독님이 지금도 지켜보고는 있을 거예요. 몇 년 있어야 데려올 것 같긴 하지만."

거기까지 말한 민혁은 멀리서 쉬고 있는 오베르마스를 바라보았다. 저 오베르마스의 이적료 일부가 세스크 파브레가스의 영입 자금이 된다는 걸 알고 있기 때문이었다.

'그러고 보니… 파브레가스가 오면 나랑 경쟁해야 되네?'

민혁은 위기감을 느꼈다. 파브레가스는 자신과 포지션도 겹치는 데다 기량도 좋았다.

에버튼에 있는 웨인 루니가 2004년 '골든보이' 수상자임을 생각해 볼 때, 2006년 수상자인 파브레가스도 그와 비슷한 수준이라 생각해야 했다.

성인 무대에서도 루니와 파브레가스는 각각 맨유와 아스날의 에이스로 꼽혔다. 루니의 경우 급격히 성장한 호날두에게 밀리긴 했지만, 호날두가 떠난 이후 맨유의 에이스는 누가 뭐래도 웨인 루니였으니까.

다시 말해, 지금의 민혁으로서는 파브레가스를 이긴다는 확신을 할 수 없다는 뜻이었다.

"아, 진짜 열심히 노력해야겠다."

"갑자기 무슨 소리야?"

"왜요. 열심히 하면 좋죠."

그렇게 말하던 민혁은 한 가지 사실을 떠올렸다. 유럽 최고의 킬패서로 군림했던 파브레가스지만 탈압박에 약점이 있었다는 부분이었다.

"저, 아저씨."

"…데니스라고 불러."

"그럼, 데니스. 궁금한 게 있는데요."

"뭐지?"

"프리미어리그에서 통하는 드리블러가 되려면 어느 정도여야 돼요?"

"원터치 위주로 플레이하라니까."

"데니스는 드리블도 자주 하잖아요."

"그거야 수준이 되니까 하는 거지."

민혁은 인상을 썼다. 베르캄프의 말은 '넌 수준이 안 되니까 드리블하지 마'라는 뜻이기 때문이었다.

"그러니까 어느 정도 수준이 되어야 하느냐고 묻잖아요."

"흠……."

고민하던 베르캄프는 한 사람의 이름을 꺼냈다.

"파리 생제르망에 있는 오코차라면 통하겠지."

"제이제이 오코차요?"

"응? 알아?"

"네."

제이제이 오코차는 축구 역사상 가장 뛰어난 테크니션 중 하나로, 브라질에서 건너온 호나우지뉴를 가르친 스승이었다.

더불어, 알렉스 이워비의 외삼촌이기도 했다.

'그래서 벵거가 속아버렸지.'

민혁은 안타깝다는 표정으로 벵거가 있을 감독실을 바라보았다.

벵거는 알렉스 이워비가 오코차가 될 거라 믿으며 밀어줬지만, 결국 이워비는 오코차가 되지 못하고 벵거의 지퍼만 고장 내고 말았던 기억이 떠올라서였다.

그러던 민혁은 베르캄프를 바라보며 당황스럽다는 표정을

지었다.

“잠깐. 오코차는 현역 탑 5 안에 들잖아요.”

“그러니까 그 정도가 아니면 안 통한다는 거야. 지금 네 스타일을 그대로 유지하려면 말이야.”

“음…….”

민혁의 고민은 길지 않았다. 파브레가스와 직접적인 경쟁을 해서 이기는 것도 끌리는 일이지만, 차라리 파브레가스가 하지 못하는 부분을 자신이 채우는 게 낫지 않을까 싶어서였다.

“오코차 정도만 하면 된다 이거죠?”

“자신 있어?”

베르캄프는 웃었다. 터무니없는 소리까지는 아니겠지만, 그래도 너무 자신이 넘치는 게 아닌가 싶었다.

민혁은 말했다.

“뭐… 연습하면 되겠죠.”

5
청소년 대표

민혁이 아스날에서 훈련을 하는 동안, 1998 AFC U-16 축구 선수권대회가 막을 내렸다.

지난 대회에서 참혹한 성적을 거둔 한국은 이번 대회에서 4위에 올랐다. 조직력을 다지기 위해 집중적인 훈련을 한 것치고는 별로 좋지 못한 성적이었다.

그나마 비난이 적은 건 관심을 별로 받지 못하는 유소년 대회라는 점과, 그래도 지난번 대회보다는 성적이 낫다는 점 덕분이었다.

하지만 책임을 질 사람은 있어야 하는 법.

17세 이하 대표 팀 감독이었던 정성화는 부진의 책임을 지고 자리에서 물러났다. 표면적으로는 계약 만료라는 이유였지만 연장 조건 발동이 되지 않았다는 건 사실상 잘렸다는 이야기였다.

정성화 사단이었던 장준우는 운이 좋았다. 다음 대표 팀 감독으로 내정된 사람이 기존의 코치진을 유지하겠다는 결정을 내리면서 자리를 보존할 수 있었던 것이다.

'하긴, 라인이 없는 사람이니까 데려올 코치도 없겠지.'

장준우는 가슴을 쓸어내리며 종이컵에 든 커피를 마셨다. 정성화를 따라가도 적당한 팀 코치 정도는 할 수 있겠지만, 아무리 그래도 중고등학교 축구부 코치보다는 청소년대표팀 코치가 훨씬 나았다.

종이컵을 내려놓은 그는 고개를 돌려 감독실을 보았다. 그 안에서는 신임 감독으로 내정된 사람과 축구협회 간부가 대화를 나누고 있었다. 큰 틀에서는 모든 합의가 이루어졌지만, 세부적인 부분에서 논의가 이어지고 있는 것 같았다.

아마도 선수 선발과 관련된 부분이 아닐까.

"쩝."

장준우는 입맛을 다시며 비어버린 종이컵을 힐끗 보다, 믹스커피 하나와 빈 종이컵을 들고 일어나 정수기로 향했다.

그는 믹스커피 봉지를 뜯어 내용물을 종이컵에 담고 물을 부으며 생각에 잠겼다.

'인맥 선발만 안 했으면 우승했을 텐데.'

장준우는 못마땅한 표정으로 콧잔등을 씰룩였다.

AFC U—16 축구 선수권대회 최종 4위.

막판에 끼어든 요청 때문에 기껏 다져둔 조직력이 흐트러진 까닭에 그런 성적이 나왔다고 생각하는 그로서는, 신임 감독에게도 인맥 선발을 요구하는 축구협회가 마음에 들지 않았다.

아마 신임 감독도 처음엔 거부하겠지만, 결국 힘에 밀려서 승낙할 터였다. 기반이 튼튼한 감독이면 몰라도 축구협회의 주요 라인에서 벗어난 감독이라면 그 요청을 거부할 힘이 없으니 말이다.

그 국민적인 지지를 받던 대한민국의 축구 영웅조차 월드컵 한 경기 대패로 경질을 당하는 게 축구계 아닌가.

그는 어깨를 으쓱하며 자리로 돌아갔다. 하기야 자신은 월급만 제대로 받고 자리만 보전하면 되는 직장인이었다. 높으신 분들 사정 따위에 일일이 신경을 쓸 이유는 없었다.

"으하하하하! 정말 마음에 드는 소리군요. 감독을 정말 잘 뽑은 것 같습니다."

감독실에선 웃음이 터졌다. 이사인가, 전무인가 하는 축구협회 간부의 목소리였다.

장준우는 신임 감독에 대한 평가를 약간 올렸다. 적어도 눈치는 있는 사람인 모양이었다. 최소한 다음 대회인 2000년 'AFC U—16 축구 선수권대회'가 끝날 때까지는 자리 보전을 할 수 있을 것 같았다.

'나야 좋지.'

장준우는 웃었다. 감독이 잘리지 않으면 자신의 자리도 남아 있을 테니까.

그런 생각을 하며 종이컵을 기울이던 장준우는 자기도 모르게 커피를 뿜고는 고개를 살짝 내려 종이컵 안을 바라보았다.

그곳엔 찬물에 녹지 않은 프림이 둥둥 떠다니고 있었다.

* * *

민혁은 숨을 헐떡이며 스코어보드를 보았다. 아스날이라는 글자 아래엔 4라는 숫자가 적혀 있었고, 맨체스터 유나이티드라는 글자 아래엔 2라는 숫자가 적혀 있었다.

남은 시간은 이제 12분. 추가시간까지 생각하면 아마도 15분 정도가 남아 있을 터였다.

"윤!"

고개를 숙이고 호흡을 정리하던 민혁은 소리가 난 방향으로 시선을 돌렸다.

'패스가 나쁘잖아.'

민혁은 통통 튀듯이 굴러오는 공을 발등으로 받아 살짝 띄웠다. 단번에 넘기고 싶었지만 패스의 질이 너무 나빴다. 이렇게 하지 않으면 제대로 컨트롤을 할 수 없을 지경이었다.

공중에 한 번 뜬 공은 회전과 속도를 줄이며 바닥에 닿았다. 민혁은 그 공이 다시 튀는 순간 오른발로 가볍게 쳐서 각도를 바꾼 후 전진했고, 가까이 다가온 맨유의 수비수는 민혁을 향해 태클을 시도했다. 엘릭스 브루스라는 이름을 가진 맨유의 수비수였다.

민혁은 공을 한 번 더 터치해 머리 위로 띄우며 몸을 돌렸다. 그러자마자 브루스의 태클이 민혁의 발이 있던 지점을 지났다. 조금만 늦었으면 다리가 얽혀 넘어졌을 순간이었다.

"태클 진짜 못하네."

잠깐 투덜댄 민혁은 반대편에 떨어진 공을 받아 전진했다.

맨유의 수비는 허술했다. EPL을 지배하는 맨체스터 유나이티드답지 않은 수비진이지만, 겨우 16세 이하 팀인 이들에게 1군과 같은 기량과 조직력을 바라는 건 가혹한 일이리라.

"윤! 여기!"

민혁은 소리가 난 곳을 힐끗 보았다. 제롬 토마스였다. 원래는 제이 보스로이드가 있어야 할 자리였지만, 보스로이드는 최근 18세 팀과 16세 팀을 오가는 중이라 제롬 토마스가 원톱의 자리를 차지하고 있었다.

그는 몸싸움을 시도하는 수비수를 두 손으로 떠밀었다. 누가 보아도 반칙이었다.

다행히 심판은 그쪽을 보지 않고 있었다. 그런 상황에서 패스를 돌려 심판의 주목을 끌 이유는 없었다.

민혁은 오른쪽 구석으로 공을 밀어 넣었다. 상대방 진영으로 올라온 저스틴 호이트를 향해서였다.

공을 받은 저스틴은 그대로 크로스를 올렸지만, 안타깝게도 골키퍼 정면으로 날아갔다.

맨체스터 유나이티드 16세 이하 팀 선수들은 역습을 시작했다. 하지만 아스날 수비진의 대응도 나쁘지 않았고, 공은 라인을 벗어나 공격권이 다시 아스날로 넘어왔다.

민혁이 안도하며 숨을 고를 때, 전방에 있어야 할 제롬이 다가와 인상을 쓰며 입을 열었다.

"왜 나한테 공 안 줬어?"

"너 수비 밀었잖아. 심판이 봤으면 거기서 끊겼어."

민혁은 대충 대답하며 몸을 돌렸다. 그러자 제롬은 민혁의 어깨를 붙잡고 인상을 썼고, 민혁은 귀찮다는 표정으로 그 손을 떨쳐내며 말했다.

"쓸데없이 시간 낭비하지 말자. 응?"

그는 곧바로 전방으로 달렸다. 이를 갈던 제롬도 공이 넘어오는 걸 보고는 잽싸게 앞으로 뛰었다. 최근 골이 없던 그라 득점에 목말라 있었기 때문이었다.

공은 두 번의 터치를 거쳐 민혁에게 넘어갔다.

'아, 또 재네.'

민혁은 앞을 막은 선수를 보고는 눈썹을 꿈틀했다. 맨체스터 유나이티드 16세 이하 팀의 에이스인 대런 플레처였다.

훗날 다크템플레처라는 별명으로 불릴 만큼 존재감 없는 시기를 거친 선수였지만, 유스 레벨과 리저브 레벨에서는 남들을 압도하는 재능을 보인 선수였다.

당장 이 경기에서도 맨유의 두 골이 플레처의 발을 거쳐 만들어진 골이었고, 수비적 능력도 나쁘지 않았다. 적어도 유스 레벨에서는 완벽한 박스 투 박스 미드필더의 모습을 보이고 있었던 것이다.

민혁도 플레처를 신경 쓰지 않을 수 없었다.

그도 그럴 것이, 이번 경기에서만 그에게 두 번이나 인터셉트를 당했으니까.

"윽."

그리고 이번이 세 번째였다.

민혁은 혀를 차며 몸을 돌렸다. 플레처는 이미 전방으로 크로스를 날린 후였다. 전형적인 킥 앤드 러시 스타일의 축구였지만, 지금으로서는 가장 완벽한 형태의 역습이었다.

다행히 골은 없었다. 아스날의 골키퍼가 먼저 뛰어나와 공을 쳐낸 덕분이었다.

"아, 오늘 진짜 힘드네."

고개를 저은 민혁의 눈이 플레처를 향했다. 회귀 전 TV로 볼 땐 뭐 저런 놈이 프리미어리그에 있느냐는 말에 동감을 표했던 민혁이었지만, 그를 직접 상대하는 지금은 혀를 내두르게 될 지경이었다. 루니만은 못해도 10만 명에 하나 나올까 말까 한 재능이란 생각이 들었으니 말이다.

"왜 그래?"

"힘들어서."

동료의 질문에 대충 답한 민혁은 허리를 쭉 펴며 시계를 바라보았다. 시간은 아직도 5분 이상 남아 있었다.

전방으로 움직여 공을 받은 민혁은 다시 한번 플레처를 맞닥뜨렸고, 민혁은 그동안 자제하던 드리블로 플레처를 제쳤다. 베르캄프의 조언을 듣고 단순한 돌파 위주로 플레이를 바꿔봤던 그였지만, 역시 신체 능력이 부족한 자신으로서는 테크닉을 최대한 갈고닦는 게 맞다는 결론이 나오는 순간이었다.

"엇!"

"윤! 여기!"

제롬 토마스는 다시 한번 크게 외쳤다. 이번엔 수비수와 맞서지도 않는 상황이었고, 오프사이드트랩에 걸리지도 않은 그였다. 패스만 들어가면 완벽한 찬스가 만들어진다는 이야기였다.

민혁은 인사이드킥으로 패스를 밀어 넣었다.

패스는 완벽했다. 공은 오프사이드트랩을 뚫고 질주한 제롬 토마스의 발아래에 정확히 닿았다. 골키퍼와의 1 대 1 상황이 만들어지는 순간이었다.

제롬은 키퍼를 보고 공을 찼다.

골망은 공을 받아 출렁였다. 하지만 점수가 올라가진 않았다. 옆그물이었다.

"젠장!"

제롬은 허공에 주먹질을 하며 울분을 토했고, 민혁은 한심하다는 표정으로 입을 열었다.

"저기서 왼쪽으로 차냐……."

민혁의 눈이 데굴데굴 구르는 공을 향했다. 저 완벽한 상황에서 옆그물에 공을 때려 넣을 줄이야 누가 알았겠는가.

"그냥 오른쪽으로 가볍게 툭 차거나 골키퍼를 넘기면 완벽했는데."

"그게 되면 제롬이 아니지."

"그건 그러네."

민혁은 누군가의 말에 동의와 웃음을 보인 채 몸을 돌렸다. 시간은 얼마 남지 않았지만 마지막까지 방심은 금물이었다.

경기는 결국 4 대 2로 끝났다. 공식적으로 'Man of the Match'를 뽑지는 않는 경기지만, 누구에게 물어도 그 자리는 민혁 아니면 플레처의 차지인 경기였다.

경기 결과를 생각하면 플레처보다는 민혁이 그 자리에 더 어울리리라.

"잘했다."

필 버트는 활짝 웃으며 선수들을 맞이했다. 경쟁 관계에 있는 맨유를 이겨서인지 평소보다 기분이 훨씬 좋아 보였다.

"힘들지?"

"엄청 힘드네요."

민혁은 음료수가 든 병을 받고는 감상을 토로하며 뚜껑을 열었다.

"그런 것치고는 잘하던데? 1골 2어시잖아."

"저런 애들 상대로 그 정도는 해야죠."

"저런 애들?"

"플레처 빼고는 별거 없던데요?"

"플레처? 아, 10번?"

필 버트의 고개가 끄덕여졌다. 그가 보기에도 플레처의 플레이는 나쁘지 않았다. 민혁이 없었다면 틀림없이 맨유가 승리했을 거라는 생각이 들 정도로 말이다.

"아무튼 이겼으니 됐지."

"그렇죠, 뭐."

"자, 자. 그럼 다들 일어나서 샤워하고 버스 타. 퇴근 시간 되기 전에 들어가야지."

필 버트는 선수들을 향해 외쳤다. 악명 높은 런던의 교통을 생각하면 조금이라도 빨리 움직여야 했다.

샤워를 끝낸 아스날 선수들은 버스에 올랐다. 원정경기를 끝내서인지 평소보다 훨씬 더 피곤한 느낌이었다.

그로부터 무려 5시간 후. 버스에서 내린 민혁은 뜻밖의 인물을 볼 수 있었다. 아스날에 와서 처음 만난 사무 직원 딕슨이었다.

"아, 윤."

"딕슨 씨?"

"이거 받아."

"네?"

딕슨은 민혁에게 편지를 내밀었다. 우표가 덕지덕지 붙어 있는 걸 보니 외국에서 날아온 항공우편인 모양이었다.

"이게 뭐예요?"

딕슨은 말했다.

"대한민국 청소년대표팀 소집 통지서."

* * *

민혁은 딕슨을 따라 구단 사무실로 향했다. 통지서를 받은 김에 모든 수속을 끝낼 생각이었다.

그곳에서, 민혁은 뜻밖의 이야기를 듣고는 입을 벌렸다.

"네? 감독이 누구라고요?"

"은서 초등학교 감독으로 있던 양주호 감독. 너 경신 초등학교에 있을 때 감독이었다던데?"

"맙소사."

"왜?"

"그거 진짜예요?"

딕슨은 턱짓으로 민혁의 손에 들린 편지를 가리켰다.

"펼쳐봐. 거기에 감독 이름 있으니까."

"잠깐만요."

편지를 펼쳐 본 민혁은 놀라움에 눈꺼풀을 들어 올렸다. 대한민국 청소년대표팀 감독 양주호라는 이름이 편지 끝에 적혀 있었다.

회귀 전, 경신 초등학교에서 잘려 버린 양주호는 별 볼 일 없는 감독으로 일생을 보냈다. 물론 2018년까지의 이야기지만 거기서 더 발전할 것 같지는 않았다. 딱히 변화를 일으킬 계기도 없었고, 축구협회에 라인을 얻은 것도 아니었으니까.

그때의 민혁도 축구계와 상관없는 삶을 살았지만, 그래도 양주호 감독이 청소년대표팀 감독에 오르지 않았다는 것 정도는 알고 있었다.

'어떻게 된 거지?'

잠깐 의아해하던 민혁은 곧 의문을 날려 버렸다. 아마도 자신이 회귀하면서 생긴 일로 인해 변동이 생긴 모양이란 결론을 내린 것이다.

하지만 궁금증이 완전히 사라지지는 않아, 민혁은 딕슨을 향해 질문을 던졌다.

"혹시 어떻게 된 건지 알아요?"

"뭐가?"

"양주호 감독님이 청소년대표팀 감독이 된 거요."

"아, 그거?"

딕슨은 놀랄 일이 아니라는 표정으로 말했다.

"은서 초등학교가 3년 연속으로 전국 대회 우승을 했거든."

"그래요?"

"이거 봐봐."

딕슨은 모니터를 보여주었다. 화면엔 한국에 파견된 스카우터로부터 받은 이메일이 떠올라 있었다.

"어? 한국에 스카우터 보냈어요?"

"감독님 지시야. 너 같은 애들 있는지 알아보라더라고."

"있어요?"

"없대."

민혁은 그럴 줄 알았다는 표정으로 고개를 끄덕였다. 학원 축구 시스템에서 자신과 비슷한 플레이를 하는 선수가 나올 가능성은 제로에 수렴했다.

'적어도 2002년은 지나야 기술 교육에 제대로 눈을 뜨니까.'

어깨를 으쓱한 민혁은 화면에 뜬 이메일로 눈을 돌렸다. 그러자 방금 한 생각과는 정반대의 내용이 보이고 있었다.

"…은서 초등학교 선수들의 기술 수준은 높지만 피지컬에 심각한 문제가 있음?"

마음속으로 한국 축구계의 기술 교육을 비판했던 민혁은

이메일의 내용에 당혹감을 느꼈다. 입 밖으로 소리를 냈었다면 굉장히 민망할 뻔했던 순간이었다.

"그 양주호 감독인가 하는 사람이 잘 가르친 모양이야. 그런데 피지컬 훈련이 원시적이래."

"아……."

민혁은 그제야 상황을 완벽히 이해할 수 있었다. 양주호 감독은 민혁에게 배운 개인기를 옮겨 간 학교의 축구부원들에게 훈련시켰고, 그로 인해 수준이 높아진 선수들을 보유하게 되어 대회 3관왕의 위업을 달성했으리란 판단이 나온 것이다.

피지컬 훈련이 원시적인 것도 그래서였다. 한국에 있을 당시의 민혁은 아직 피지컬 훈련을 할 때가 아니라 생각해 기초적인 훈련만 했고, 때문에 제대로 된 훈련법을 배우지 못한 양주호 감독은 축구부원들에게 원시적인 훈련만 시킬 수밖에 없었으리라.

"피지컬 트레이닝도 알려줄 걸 그랬나?"

"응?"

"아, 혼잣말이에요. 옛날 생각이 나서요."

딕슨의 시선은 묘하게 변했다. 마치 민혁이 양주호 감독을 가르쳤다는 것 같지 않은가.

'설마.'

그는 머릿속에 떠올랐던 생각을 지웠다. 그게 진짜일 거라고는 꿈에도 생각하지 못하는 표정이었다.

잠시 한국에서의 일을 떠올리던 민혁은 딕슨을 향해 고개를 돌리며 말했다.

"근데 이게 왜 지금 와요? 아시아 청소년 선수권대회 끝났잖아요."

"점검이겠지. 감독 바뀌었으니까 선수교체도 좀 해보고."

"그거야 그런데… 아무리 유스라고 해도 이렇게 막 불러도 돼요?"

민혁은 못마땅한 표정으로 말했다. 여기서 한국으로 가는 건 결코 쉽지 않았다. 항공권이야 축구협회에서 불렀으니 제공해 주겠지만, 이동에 걸리는 시간과 피로도가 만만치 않았다.

게다가, 한창 시즌 중에 팀을 비우는 것도 선수에겐 좋은 일이 아니었다. 심하면 경쟁자에게 자리를 뺏기고 후보로 떨어질 수도 있으니 말이다.

그런 생각을 읽기라도 했는지, 딕슨이 웃으며 입을 열었다.

"넌 한국 갔다 와도 자리 없어질 일 없어."

"그렇긴 하죠."

민혁은 남이 들으면 건방지다고 할 소리를 서슴없이 꺼냈다. 아스날 유스 팀 미드필더 누구도 자신의 경쟁자는 아니라는 소리나 다름없었다.

하지만 딕슨은 민혁이 건방지단 생각을 하지 않았다. 누가

봐도 명백한 사실이니까.

"팀에서 거부하면 안 갈 수도 있긴 해. 차출 의무도 없고 하니까."

"그렇죠?"

민혁은 결론을 내렸다. 귀찮은데 거기까지 갔다 올 이유가 있겠느냔 생각이었다.

양주호 감독이 청소년대표팀 감독이 됐다고는 해도, 그 이유만으로 한국까지 갈 정도로 의리가 쌓인 것도 아니었다. 고작해야 2년도 안 되는 시간 동안 축구부 감독과 부원으로 있던 게 고작이니까.

"귀찮은데 그냥 여기 있죠, 뭐."

"그래도 되겠어?"

"왜요?"

"청소년대표팀이잖아. 나중에 발목을 잡을지도 몰라."

딕슨은 걱정스레 말했다. 축구협회에 밉보여서 좋을 건 없었다. 언터처블 수준의 선수라면 몰라도, 고작해야 청소년대표팀에 거론이 되는 정도의 선수가 축구협회의 소환을 거부한다면 미운털이 박힐 공산이 높았다.

하지만 민혁은 그게 무슨 상관이냔 표정으로 입을 열었다.

"리그 데뷔하면 저쪽에서 제 눈치를 봐야 될 텐데 뭐 하러 벌써부터 비위를 맞춰요."

"뭐?"

"한국이란 곳이 원래 그래요."

민혁은 자신 있게 말했다. 유럽에 대한 환상이 짙은 대한민국이라, 축구 종주국인 잉글랜드의 명문 팀 소속인 선수가 있다면 어떤 여론이 생길지 뻔했다.

여론에 민감한 축구협회라면 당연히 눈치를 보지 않을 수 없는 일이다.

"그래? 그럼 적당한 이유 붙여서 거부 통지 보낼게."

"네."

딕슨은 자리에서 일어났다. 16세 이하 팀 코치들과 적당히 협의를 해서 이유를 만들어 공문을 보내기 위해서였다.

그로부터 얼마 후.

밖으로 나갔던 딕슨은 문을 벌컥 열고 사무실로 들어와 민혁을 불렀다.

"윤! 윤!"

"네?"

"너 동생 태어났대."

"…네?"

* * *

민혁은 복잡한 심경으로 창밖을 보았다. 난데없이 생긴 동생을 생각하자 머릿속이 복잡했다. 박순자 여사가 애를 가졌다는 전화를 받았으니 이런 일이 언젠가 찾아올 거란 것도 알고는 있었지만, 그래도 그동안 생각도 하지 않고 있던 일이라 그런지 혼란스럽기 그지없었다.

"동생이라니……."

혼란에 빠졌던 민혁은 머릿속을 가다듬었다. 하기야 동생이 생겼다는 전화를 받은 게 6월이었고, 그때 이미 박순자 여사는 임신 4개월에 들어서 있었다. 10월 말인 지금은 애가 태어나는 게 당연하단 이야기였다.

'하긴. 그냥 늦둥이 동생 생겼다고 생각하면 되지.'

민혁의 혼란은 점점 잦아들었다.

본래 없던 동생이면 어떤가. 귀엽기만 하면 되지.

"뭐… 회귀해서 상황 바뀐 게 처음도 아니니까."

민혁은 완전히 평정심을 찾았다. 따지고 보면 아스날에서 축구를 하고 있는 것도 이상한 일일 테니 말이다.

김포공항에 내린 민혁은 버스를 타고 집으로 향하다 길을 잃었다. 하도 오랜만이라 버스노선이 개편된 걸 몰랐기 때문이었다.

결국 민혁은 중간에 내려 은행에 들러 환전을 한 후 택시를 탔고, 거의 두 시간이 걸려 박순자 여사가 입원해 있다는 산부인과 앞에 내렸다.

"…뭐 이렇게 싸?"

택시에서 내린 민혁의 얼굴엔 당황이 깃들어 있었다. 런던의 교통비에 익숙해져 있던 민혁에게 있어, 서울의 택시비는 거의 도둑질을 한 느낌마저 주고 있었다.

"런던 물가가 진짜 비쌌구나."

민혁은 왠지 눈물이 흐를 것만 같았다. 하기야 아직 IMF의 여파가 가시지 않은 탓에 외화가 비싸다는 점도 감안을 해야겠지만, 그래도 런던 지하철 요금 정도만 나온 것이다.

새삼 런던의 살인적인 물가를 자각한 민혁은 한숨을 내쉰 후 병원 안으로 향했다.

"박순자 환자 병실이 어디예요?"

"잠시만."

창구 직원은 기록을 확인한 후 505호라는 번호를 불렀다. 5층으로 올라간 민혁은 병실이 4개뿐이라는 것에 당황했지만, 숫자 4가 사(死)와 같은 발음이라 그 번호를 빼는 미신이 있음을 기억해 내고는 어깨를 으쓱한 후 안으로 들어갔다.

"엄마?"

박순자 여사는 자고 있었다. 자연분만이라 그런지 통증은 별로 없는 모양이었다.

"잘도 주무시네."

"누구 찾아왔어?"

민혁은 고개를 돌렸다. 박순자 여사의 옆에 누워 있는 산모의 보호자였다.

"안녕하세요."

"응. 근데 누구 찾아온 거야?"
"…저기 주무시는 분이 제 어머니세요."
"아, 박 여사 아들이야? 근데 나이가 좀 있어 보이네?"
민혁은 어색하게 웃었다. 하기야 막 애를 낳은 산모의 아들이라기엔 너무 큰 느낌일 터였다.
"몇 살이야?"
"열넷… 아니, 열다섯요."
"응?"
"외국에 있다가 들어와서 좀 헛갈리네요."
"유학생이야?"
민혁은 고개를 끄덕였다. 축구 유학도 유학은 유학이니까.
"근데 어디서 본 것 같은데……."
옆 산모의 보호자는 민혁을 유심히 살펴보았다. 아마도 재작년에 방송되었던 KBC 휴먼 히스토리를 본 모양이었다.
민혁은 재빨리 화제를 돌렸다. 속으로는 휴먼 히스토리 제작진을 욕하는 채였다.
"아, 근데요."
"응?"
"제 동생 남자예요, 여자예요?"
"몰라?"
옆 산모의 보호자는 당황스럽다는 표정을 감추지 않았다. 아무리 유학생이라지만 동생의 성별도 모르는 게 말이 되는가.

그녀는 의심스럽다는 표정으로 물었다.

"박 여사 아들 맞아?"

"오늘 귀국했거든요. 소식도 다른 사람 통해서 들었고요."

"아, 그래?"

고개를 끄덕인 상대는 자신 있게 입을 열다 멈칫하며 말했다.

"가만 있어보자. 아들이던가, 딸이던가……."

"……."

"왜 그렇게 봐?"

"어… 잠깐 당황해서요."

"간호사 불러서 물어보지, 뭐."

옆 산모의 보호자는 침대 옆의 벨을 눌렀다. 민혁은 겨우 이런 걸로 너스 콜(Nurse Call)을 해도 되나 싶었지만, 상대는 그렇게 생각하지 않는 것 같았다.

잠시 후, 헐레벌떡 뛰어온 간호사는 긴장한 표정으로 입을 열었다.

"할머니, 무슨 일이에요?"

"박 여사 애가 아들이야, 딸이야?"

"……."

간호사는 안도가 섞인 한숨을 내쉬며 입을 열었다.

"할머니, 그런 건 그냥 간호사실 오셔서 물어보셔도 되잖아요. 무슨 일 생긴 줄 알았다고요."

"거 젊은 처자가 뭐 그리 심약해?"

"여기 병원이에요!"

간호사는 버럭 소리 질렀다. 아무래도 이런 적이 한두 번이 아닌 모양이었다.

"아, 왜 소리를 지르고 그래? 잘 자는 우리 딸 깨면 어쩌려고."

"몇 번이나 이러시니까 그러죠. 오늘만 벌써 다섯 번째잖아요."

"그럼 이 늙은이보고 움직이란 소리야? 거 젊은 처자가 야박하기는."

"아니, 그런 게 아니라……."

"그러니까 애인이 없지."

"할머니!"

간호사는 또 한 번 소리를 질렀다. 아무래도 애인이 없는 게 콤플렉스 같았다.

그 소음은 꿈나라에 빠져 있던 박순자 여사를 현실로 불러왔다.

"뭐가 이렇게 시끄러워?"

박순자 여사는 잠기운이 남아 있는 눈으로 몸을 일으키다, 민혁을 발견하고는 입을 열었다.

"어, 아들 왔어?"

*　　*　　*

"민아야, 저기 오빠 좀 볼래?"

"눈도 못 뜬 애가 뭘 본다고 그래요."

민혁의 말은 옳았다. 신생아는 겨우 밝기만 구분할 수 있을 정도의 시력을 가지고 있었다. 적어도 5개월에서 7개월 정도는 지나야 간신히 원근감이라는 걸 인지할 수 있을 정도가 될 테고, 지금과 같이 4~5m 정도 떨어진 사람을 인식하게 되는 건 빨라도 생후 8개월이 지나야 가능했다.

하지만 그 말은 박순자 여사의 화를 불렀다.

"야, 윤민혁."

"네?"

"입 다물어."

박순자 여사의 눈빛은 민혁을 섬뜩하게 만들었다. 회귀 전 대학에 가기 싫다고 말했을 때나 보았던 것과 비슷한 눈빛이었다.

그 눈빛은 민혁이 고개를 끄덕인 후에야 사라졌다.

"아버지는요?"

"야근한대."

박순자 여사는 못마땅한 표정으로 말했다. 부인이 애를 낳았는데 야근을 하느라 병원에 못 들르는 남편이라니. 이거 완전히 빵점짜리 남편 아닌가.

하지만 지금은 어쩔 수 없었다. IMF의 여파로 멀쩡하던 대기업들도 휘청휘청하다 쓰러지는 판이니 말이다.

"보호자 없어도 돼요? 이모나 외할머니보고 와달라고 하지 그래요?"

"나 멀쩡해. 그런데 뭐 하러 귀찮게 여기까지 오라고 해?"

박순자 여사의 태도는 단호했다. 하기야 제왕절개가 아닌 자연분만이니 개복으로 인한 후유증은 없을 터였다. 체력만 돌아오면 보호자가 필요하지 않다는 이야기였다.

고개를 끄덕이던 민혁은 뭔가를 떠올리며 주머니에 손을 넣었다.

"아, 맞다."

"왜?"

"이거요."

민혁은 봉투를 내밀었다. 그래도 돈을 버는 입장인데 병원비 정도는 보태야지 않겠는가 싶어서였다.

"뭐야?"

"돈이죠."

"돈?"

봉투를 받아 든 박순자 여사는 안을 들여다보고는 깜짝 놀랐다. 무려 100만 원이나 되는 돈이 들어 있는 게 아닌가.

"이게 웬 돈이야?"

"웬 돈은요. 영국에서 번 거죠."

"뭐 해서?"

민혁은 어깨만 으쓱했다. 허락을 받았다고는 해도 축구를 하는 걸 좋아할 것 같지는 않았다. 축구를 해서 돈을 벌었다고 해봐야 소리만 버럭 지를 것 같은 느낌이라, 그는 대답을 하지 않는 선택지를 골랐다.

다행히 박순자 여사는 민혁을 굳이 추궁하지 않았다.

"이렇게 많이 줘도 돼?"

"환율이 올라서 여유 좀 있어요."

"그래, 고맙다."

박순자 여사는 민혁이 준 돈을 거절하지 않았다. 다행히 남편인 윤수호 과장이 직장에서 잘리지는 않았지만 월급이 15%나 삭감되고 보너스도 나오지 않는 터였다. 그런 상황에서 장남이 돈을 준다는데 거절할 이유가 없었다.

"아무튼 나 괜찮으니까 집에 가서 냉장고 정리 좀 해. 반찬 오랫동안 안 먹어서 상한 것도 있을 테니까 그것도 좀 버리고……."

"저 하남에 가봐야 돼요."

민혁은 청소년대표팀 소집에 응한 상태였다. 본래 거절하려 했던 일이었으나, 태어났다는 동생도 볼 겸 승낙한 것이다.

"하남? 하남은 왜?"

"청소년대표팀에서 통지서가 왔거든요."

"그래?"

화를 낼 줄 알았던 박순자 여사는 잘 갔다 오라는 말만 남기고 품에 안은 딸에 시선을 고정시켰다. 민혁이야 가거나 말거나 아무 상관 없다는 것 같은 반응이었다.

민혁은 복잡한 심정을 느끼며 병실을 떠났다.

'와, 이제 완전 푸대접이네.'

잠깐 곰돌이 푸가 그려진 그릇을 떠올렸던 민혁은 두 손으로 머리를 감싸고 신음을 흘렸다.

'세상에, 몸은 10대인데 정신은 완전히 아저씨잖아.'

그 생각은 민혁의 자괴감을 한층 더 키웠다. 하기야 회귀 전에 35살이었음을 감안하면 이미 훌륭한 아저씨겠지만, 그래도 십 대 초반의 몸으로 몇 년을 살아서인지 정신이 꽤 젊어졌다고 생각하던 민혁으로선 어퍼컷을 맞은 듯한 느낌이었다.

휘청대던 그는 간신히 정신을 차리고 집으로 향했다.

집에 들러 짐을 대충 내려놓은 민혁은 가방에 옷과 축구화를 집어넣고 다시 나왔다. 소집 통지서의 내용대로라면 간단한 소집과 점검 정도라고 하니 갈아입을 옷까지는 필요 없을 터였다.

버스노선을 확인하던 민혁은 짧은 고민을 거친 후 택시를 잡았다. 한국에서만 살았더라면 손을 벌벌 떨었을 일이지만, 살인적인 영국의 교통비를 체감하던 민혁에게 있어 한국의 택시비는 아주 잠깐 고민할 정도밖에 안 됐다.

'아, 근데 좀 피곤하다.'

민혁은 투덜댔다. 시차 적응을 하려면 3~4일은 필요한데 소집일이 너무 빡빡했다. 아무래도 편지를 받는 즉시 날아와야 일자가 맞도록 의도한 것 같은 느낌이었다.

하기야 높으신 분들이 다른 사람 생각을 하는 걸 봤던가.

그런 생각을 하며 투덜대던 민혁의 시선이 시계에 닿았다. 오후 2시 30분이었다. 소집 시간인 3시까지는 30분 정도 남아 있었다.

"으, 졸려……."

런던은 지금 막 해가 뜨고 있을 시간이었다. 생체리듬이 거기에 맞춰진 민혁으로서는 졸음이 오지 않을 수 없었다. 그나마 비행기에서 억지로 잠을 좀 잔 덕분에 아직까지 버틸 수 있었던 거지, 그게 아니었다면 지금쯤 바닥에 쓰러져 쿨쿨 자고 있을지도 몰랐다.

"거기 학생!"

"네?"

고개를 돌린 민혁의 눈에 '나는 경비다'라고 써 붙인 듯한 느낌의 남자가 보였다. 제복이 아니었더라도 경비라는 느낌이 절로 흘러나오는 사람이었다.

"처음 보는 얼굴인데, 누가 불렀어?"

"이거요."

민혁은 축구협회에서 날아온 통지서를 건넸다.

"아, 청소년 대표야?"

"아마도요."
"아마도?"
"정식 소집도 아니잖아요."
민혁은 하품을 한 후 통지서를 돌려받았다.
"왔으면 이거 보여주고 들어가지 왜 여기서 이러고 있어?"
"아… 그래요?"
"처음이야?"
"네."
"앞으론 그거 들고 들어와. 여기서 궁상맞게 이러지 말고."
경비는 민혁을 안으로 들여보냈다. 뒤에서 어디서 본 것 같다는 소리가 들리긴 했지만 잠깐이었다. 그 역시 KBC 휴먼 히스토리를 본 모양이었다.
민혁은 가방을 고쳐 매곤 경비가 가리킨 방향으로 걸었다. 그러자 이내 잔디가 깔린 축구장이 보였다. 영국에서는 새삼스러울 게 없는 모습이지만, 한국의 열악한 인프라를 아는 민혁의 입에선 감탄이 나오게 하는 모습이었다.
"그래도 국가대표 훈련장이라는 거구나."
아스날 1군 훈련장만큼은 못 돼도 인근에 있는 풀럼이나 찰튼의 훈련장 정도는 되는 느낌이었다. 물론 한 국가의, 그것도 선진국 문턱에 도달한 국가의 훈련장이 겨우 프로 팀 훈련장 정도밖에 안 된다는 건 조금 슬픈 일이었지만, 아무래도 한국과 잉글랜드의 축구 중요도를 생각해 보면 이만큼이라도 갖춰놓은 걸 감탄해야 하는 게 맞았다.

"야! 윤민혁!"

잠깐 그라운드를 보던 민혁은 어딘지 익숙한 목소리에 고개를 돌렸다.

"감독님?"

"어, 오랜만이다."

양주호는 축구협회 마크가 그려진 점퍼를 입고 있었다.

'정말 대표 팀 감독이네.'

민혁은 작게 입을 벌렸다. 듣기만 하는 것과 눈으로 보는 건 전혀 달랐다.

"영국에 있다며?"

"네."

"부모님은?"

"한국에 계시죠."

고개를 끄덕이던 양주호는 스르르 감기는 민혁의 눈꺼풀을 보고 물었다.

"근데 너 눈이 왜 그래?"

"저 오늘 왔어요."

"아? 그래?"

민혁은 졸린 표정으로 고개를 끄덕였다. 어찌어찌 버티기는 할 것 같았지만 감기는 눈꺼풀은 어쩔 수 없었다.

"그럼 넌 오늘 그냥 숙소에서 쉬어라. 훈련은 내일도 하니까."

"내일도요?"

"공문 못 받았어?"

"그런 내용 없던데요?"

"잠깐 줘봐."

양주호는 민혁에게서 소환 통지서를 받았다. 처음엔 영어로 되어 있음에 당황하던 그였지만 한 장밖에 없음을 확인하고는 당황을 지우고 고개를 끄덕였다.

"두 장이 빠졌네."

"네?"

"훈련 일정표."

민혁에게 간 통지서엔 두 장에 걸친 서류가 빠져 있었다. 훈련 일정과 프로그램에 대한 안내서였다. 아마도 영문으로 번역하는 동안에 빠졌던가, 그게 아니면 잉글랜드 축구협회에 그 내용이 전달되길 원치 않았던 축구협회 직원이 일부러 뺐을 터였다.

"잠깐만."

양주호의 주머니 속에서 두 장의 종이가 나왔다. 축구협회 직원이 반강제로 넘겼던 훈련 계획서였다.

"이게 나머지 두 장이야."

"…너무 막 다루시는 거 아니에요?"

"뭐, 어때. 내가 짠 계획표도 아닌데."

"감독이시잖아요."

"야, 내가 협회에 라인이 있냐 뭐가 있냐. 시키면 시키는 대로 하는 수밖에 없어. 너 하나 데리고 온 것도 꽤 무리한 거라고."

"바지 사장이네요."

"그렇지, 뭐."

양주호는 자신의 처지를 부인하지 않았다.

"근데 한국에서 코치로 살려면 어쩔 수 없어. 축구협회에 밉보였다가는 초등학교 축구부 감독도 못 하게 된다고."

"하긴……."

"아무튼 피곤할 텐데 들어가서 자라. 네 방은… 아, 305호네. 거기로 가면 돼."

양주호는 내일 보자는 말을 남기며 자리를 떴다. 4시에 있을 훈련 때문인 모양이었다.

잠깐 그를 보다 몸을 돌린 민혁은 숙소로 가다 멈칫하며 입을 열었다.

"아… 속옷 안 가져왔는데……."

* * *

민혁은 잠을 설쳤다. 시차도 생기고 잠자리도 달라져서인지 두세 시간에 한 번씩은 꼭꼭 잠에서 깼기 때문이었다.

그래도 어찌어찌 피로는 절반 가까이 떨쳐냈고, 덕분에 다음 날 아침 훈련엔 빠지지 않고 참가할 수 있었다.

'재 어디서 본 것 같은데.'

스트레칭을 하며 주위를 둘러보던 민혁은 어딘지 익숙한 얼굴을 발견했다. 물론 그쪽에선 민혁이 익숙하지 않을 터였다. 민혁이 그들의 얼굴에서 익숙함을 느끼는 건, 어디까지나 회귀 전 TV를 보며 욕하던 사람들이기 때문이었으니까.

하지만 민혁이 그들을 보고 신기해하는 만큼, 그들도 민혁을 보고 신기해하고 있었다. 재작년 KBC 휴먼 히스토리에서 극찬했던 선수가 있다는 사실에 긴장하는 사람도 있었으나, 대부분은 TV에 나왔던 사람이 눈앞에 있다는 점에 긴장보단 흥미를 느끼고 있었다.

"자, 자. 주목!"

코치 장준우가 한 차례 손뼉을 쳐 선수들의 시선을 자신에게 집중시켰다.

"대부분 다 알겠지만 처음 보는 사람도 있을 거다."

모두의 시선이 민혁을 향했다. 민혁으로서는 다소 거부감이 드는 상황이었다. 하지만 그를 제외한 나머지는 다들 한두 번씩은 만나본 경험이 있었고, 그러니 모두의 시선이 민혁에게 쏠리는 것도 이상하지 않았다.

장준우는 다시 한번 손뼉을 쳐 시선을 끈 후 말을 이었다.

"다들 알겠지만, 오늘 소집됐다고 정식으로 청소년 대표가 되는 건 아니다. 오늘은 신임 감독님이 너희들의 기량을 체크하려고 부른 거니까."

"……."

"감독님, 한 말씀 하시죠."

양주호의 손이 마이크를 잡았다. 사실 없어도 될 정도의 거리였지만 아무래도 느낌이 달랐다.

"반갑다. 신임 감독 양주호다."

그는 모여 있는 아이들을 보며 말했다. 사실 그가 뽑은 선수는 민혁밖에 없었고, 나머지는 기존의 선수들과 코치진이 추천한 선수가 절반씩 섞여 있었다. 그나마도 연령제한 때문에 절반 정도의 인원이 빠져나가서 가능한 일이었다.

'어차피 전부 축협에서 골랐겠지.'

양주호는 쓴웃음을 물었다. 하지만 자신이 어찌할 수 없는 부분에 미련을 두는 타입은 아니라, 그는 쓴웃음을 지워내고는 다시 입을 열었다.

"간단히 몸 풀고 미니 게임 들어가자. 일단 A팀. 민정후, 정우진, 이상윤……."

6

하남 미사리 국가대표 훈련장

"재가 저렇게 잘했나?"

장준우는 당황했다. 작년에 영국으로 건너가 본 경기와는 느낌이 전혀 달랐다.

그가 속으로 혀를 내두르고 있을 때, 엉뚱한 곳으로 날아간 패스를 기어코 받아낸 민혁은 인상을 쓰며 공을 건넨 선수를 바라보았다. 일종의 텃세임을 깨달은 탓이었다.

'축구 진짜 더럽게 하네.'

하지만 이런 일은 익숙한 민혁이었다. 일본에서도 그랬고 영국에서도 그랬다. 언제나 텃세라는 건 존재하기 마련이었고, 그걸 깨는 건 그들의 그룹에 합류하는 선택이 아니면 실력이었다.

민혁은 후자를 선호했다. 어차피 여기 있는 애들도 굵직한 성적을 거둬야 미래가 밝아지는 유망주들이었다. 마음에 안 드는 선수를 따돌려 준우승을 하는 것과 마음에 안 드는 선수를 밀어줘서 우승을 하는 것 중 하나를 고르라면 후자를 고르게 된다는 이야기였다.

결심을 굳힌 민혁은 오른발로 공을 잡고 앞을 보았다.

A팀 선수들의 얼굴엔 옅은 긴장이 떠올라 있었다. 처음 보는 상대에 대한 본능적인 긴장감에 더해, 몇 분 전에 보았던 민혁의 드리블이 머릿속에 떠오른 탓이었다.

민혁은 이번에도 드리블을 시도했다. 그래도 나름 각 학교의 에이스들이 모인 곳이라지만 90년대 학원 축구를 기반으로 성장한 선수들이었다. 2010년대에 정립된 트레이닝 기법과 테크닉을 가진 민혁의 상대가 되기엔 부족하단 뜻이었다.

A팀의 오른쪽 풀백과 센터백은 자신들의 사이로 파고드는 민혁을 놓쳤다. 완벽한 라 크로케타였다.

'쟤 데려왔으면 우승했겠네.'

장준우는 청소년 대표에서 잘려 버린 정성화 감독에게 미안함을 느꼈다. 저런 선수인 줄 알았다면 무리를 해서라도 팀에 끼워 넣는 게 맞았다.

물론 그 1년 사이 비약적인 발전을 했을 가능성도 있지만, 그게 아니라면 자신은 정성화 사단이 AFC U-16 축구 선수권대회 우승을 할 수 있는 기회를 장렬하게 날려 버린 셈이었다.

그가 그런 생각을 하는 동안 철썩하는 소리가 귀를 울렸다. 골이었다.

민혁은 세리머니도 하지 않은 채 자신의 진영으로 돌아갔다. 본래 세리머니를 즐기는 타입도 아니지만, 겨우 이 정도로는 세리머니를 할 생각도 안 났다.

그는 미니 게임 40분 동안 3골을 기록했다. 어시는 없었다. 발만 대면 골이나 다름없는 패스를 밀어줬지만 팀원이 날려 버린 게 무려 3차례임을 생각하면, 사실상 홀로 경기를 지배했다 할 수 있었다.

"좋아, 수고했다."

양주호는 휘슬을 불어 종료를 알린 후 말했다. 지쳐 버린 선수들은 헐떡이다가도 민혁이 보이면 혀를 내둘렀다. TV에 나올 만하다는 생각도 그들의 머릿속에 스며들고 있었다.

미묘하게 존재하던 따돌림은 어느새 지워져 있었다. 아직도 민혁이 마음에 들지 않는 선수들은 있겠지만, 그래도 저만한 실력을 가진 사람이 같은 팀에 있다는 걸 싫어할 선수는 없었다. 다음 대회 우승에 한발 가까워질 수 있다는 뜻이니 말이다.

분위기를 대충 읽은 양주호의 표정이 조금 밝아졌다. 감독 입장에서 팀워크가 깨질 걱정을 덜게 됐다는 게 기쁘지 않을

리 없었다.

"다들 샤워하고 쉬어라. 개인 훈련은 자유지만 무리하진 말고."

"네……."

"아, 윤민혁."

"네?"

"넌 잠깐 남아. 처음이니까 이야기 좀 하자."

민혁은 어깨를 으쓱하며 양주호를 보았다. 그가 왜 남으라고 했는지 예상이 됐기 때문이었다.

그걸 알 리 없는 선수들은 해산이란 말이 끝나자마자 샤워실로 향했다. 아마도 숙소에서 쉬거나 식당으로 가서 주린 배를 채우려 할 터였다.

양주호는 선수들이 사라지는 모습을 확인한 후 입을 열었다.

"어때?"

"잉글랜드보다는 좀 떨어지네요."

"그래?"

"거기 애들은 피지컬이 장난 아니거든요."

"기술은?"

"잉글랜드도 기술은 별거 없어요. 여기보다 아주 조금 나은 정도?"

민혁은 엄지와 검지를 살짝 띄워 보여주었다. 손가락 하나가 들어갈 정도의 너비였다.

"그거면 엄청 차이가 크다는 거 아니냐?"

"걔들은 대표니까요."

"그러니까, 평균치랑 비교하면 비슷한데 대표급이랑 비교하면 엄청나게 떨어진다 이거지?"

"네."

"인마. 그럼 조금 낮다고 하지를 말아야지."

양주호는 인상을 썼다. 대충 짐작은 했지만 그 정도 격차가 있다는 말을 들으니 한숨이 나왔다. 2000년에 있을 AFC U-16 축구 선수권대회에서 우승을 하더라도, 그다음에 만날 상대가 만만치 않다는 이야기였기 때문이었다.

"아, 감독님. 예전에 경신 초등학교 감독이셨죠?"

둘을 보던 장준우는 한 가지 기억을 떠올리며 물었다. 아주 친한 것 같지는 않지만 이전부터 안면이 있어 보이는 두 사람의 모습에 생겼던 의혹이 사라지는 느낌이었다.

"그랬죠. 제가 얘한테 배웠어요."

"네?"

장준우는 눈을 깜박였다. 양주호의 말이 인식은 되는데 이해는 되지 않았다.

"참. 너도 이제 들어가라. 대화 길어지면 다른 애들이 이상하게 보니까."

"네."

민혁은 바로 샤워실로 향했다. 날이 좀 추워서인지 땀은 벌써 식어버렸고, 그것은 묘한 찝찝함을 주고 있었다. 조금이라도 빨리 샤워를 끝내고 쉬고 싶은 게 당연했다.

"저놈 어때요?"

"잘하네요."

"구체적으로 듣고 싶은데요."

장준우는 사뭇 긴장을 느꼈다. 양주호는 장준우라는 코치의 능력을 체크하고 있었다. 비록 바지 사장이나 다름없는 감독이긴 하지만 코치 한 명 갈아치우는 것 정도는 충분히 가능한 일이었고, 그렇게 갈리기 싫다면 자신의 능력을 보여줘야만 했다.

"작년보다 많이 발전한 것 같습니다. 우선……."

"잠깐, 작년이라고 하셨습니까?"

"네."

장준우는 작년에 있던 일을 꺼냈다. KBC 휴먼 히스토리로 인해 민혁의 청소년 대표 발탁 여론이 생겼고, 거기에 압박을 받은 전 감독 정성화가 자신을 영국으로 보내 민혁의 플레이를 보게 했다는 내용이었다.

그 이야기를 들은 양주호는 눈을 빛내며 입을 열었다.

"아, 그래요. 그 방송이 있었죠?"

"무슨……."

"마침 좋은 기회라는 생각이 들어서 말입니다."

양주호는 잠깐 생각을 정리한 후 말을 이었다.

"혹시, 아시는 기자들 연락처 좀 알 수 있을까요?"

*　　*　　*

민혁은 홀로 앉아 멍하니 하늘을 보고 있었다. 피로 때문이었다.

다른 선수들과는 훈련 마지막 날이 되어도 친해지지 못했다. 민혁은 일부러 친목까지 다질 정도로 살가운 성격이 아니었고, 다른 선수들도 아직 시차 적응이 안 되어 빌빌대는 민혁에게 말을 걸기 힘들어했다.

식당에서 일부러 옆에 앉아 말을 걸어본 사람이 있긴 했지만, 그가 말을 끝내기 무섭게 민혁이 식판 아래에 머리를 박고 코를 골아버린 까닭이었다.

"으아, 진짜 피곤하네."

민혁의 투덜댐은 허공을 맴돌았다. 그 말을 들을 만한 거리에 있는 사람도 없었고, 들었더라도 그 말에 대꾸할 사람도 없었다.

민혁은 고개를 돌려 시계를 보았다. 정식 소집도 아닌데 오전 오후 훈련이 다 잡혀 있는 이유를 도저히 이해할 수 없었다. 하루 90분 이상 훈련을 못 하게 되어 있는 잉글랜드에서 축구를 하던 민혁이라 그런지, IRC 소프트라는 블랙 기업에

다니던 회귀 전이 떠오를 지경이었다.

'그때 진짜 끔찍했지.'

잠깐 회귀 전을 떠올리던 그는 고개를 홰홰 저어 기억을 떨쳐냈다. 잠깐 생각만 했을 뿐인데도 잠이 확 깰 정도로 치가 떨렸다.

절대로, 무슨 일이 있어도 그 회사와는 연관되고 싶지 않았다.

그러던 민혁은 다시 한번 시계를 보고는 옷을 툭툭 털었다. 오후 훈련을 시작할 시간이 10분밖에 남지 않았다. 여기서 어물쩍 시간을 보냈다가는 안 좋은 소리를 들을 게 뻔했다.

터덜터덜 걸어 도착한 그는 그라운드에서 몸을 풀고 있는 선수들을 보고는 입을 벌렸다.

"저건 또 뭐야……."

그라운드의 선수들은 처음 보는 얼굴이었다. 그동안 함께 훈련했던 청소년대표팀도 아니고 국가대표팀도 아니라는 이야기였다.

다른 청소년대표팀 선수들도 민혁과 같은 생각을 하고 있었다. 하지만 그들에게 다가가 누구냐고 묻지는 않았다. 머리 하나 정도는 더 큰 형들이라 지레 위축이 되었기 때문이었다.

"아, 왔군."

양주호는 혼란스러워하는 청소년대표팀 선수들에게 그라운드에 있는 사람들의 정체를 밝혔다.

"오늘 상대를 해줄 서북고 축구부다."

"네?"

"오후 연습 상대라고."

답을 마친 양주호가 고개를 돌릴 때, 서북고 감독으로 보이는 남자가 다가와 손을 내밀고 말했다.

"어, 양주호. 아니, 양 감독. 진짜 청소년대표팀 감독 됐네?"

"그렇게 됐습니다."

"내가 양 감독 성공할 줄 알았지. 알잖아, 예전에도 계속 그렇게 말했던 거."

서북고 감독은 허허 웃고는 양주호의 어깨를 툭툭 치며 말했다.

"국대 감독 되면 코치로 좀 불러줘."

양주호는 웃으며 그러겠다 말했다. 하지만 속내는 전혀 그렇지 않은지, 상대가 몸을 돌리자마자 인상을 팍 쓰며 뭐라 중얼거렸다. 얼굴만 봐도 욕설임을 알 것 같은 표정이었다.

민혁은 그에게 다가가 질문을 던졌다.

"누구예요?"

"고등학교 선배."

"사이 별로죠?"

"응."

양주호의 표정은 원래대로 돌아왔다. 서북고 감독이 다시 몸을 돌리며 손을 들었기 때문이었다.

어색한 동작으로 손을 들었다 내린 양주호가 투덜거렸다.

"저 새낀, 아직도 지가 내 선밴 줄 아나."

"…맞았군요."

"그래, 인마."

그는 이를 갈았다. 고등학교 시절 이유도 없이 엎드려뻗쳐 자세에서 대걸레로 얻어맞은 기억이 떠오르는 순간이었다.

"근데 왜 불렀어요?"

"내가 축구계에 아는 사람이 별로 없거든. 그래서 연습 상대로 부를 만한 팀을 찾기가 어려워."

"협회에 요청하면 되잖아요."

"단순 소집에 축협한테 징징대라고? 너 나 잘리는 꼴 보고 싶냐?"

양주호는 어깨를 으쓱하며 말을 끝내고는 고개를 돌렸다. 철조망 밖에 있는 두 사람을 향해서였다.

잠시 그들과 시선을 교환하던 양주호는 민혁을 보며 질문을 던졌다.

"5 대 0 가능하겠냐?"

"저기 잘해요?"

"개뿔도 못 해. 감독이 병신인데 팀이 제대로 굴러가겠냐?"

민혁의 눈이 몸을 풀고 있는 서북고 선수들을 향했다.

5 대 0은 무리라도 이기는 건 그다지 어려울 것 같지 않았다. 청소년대표팀 선수들의 기술 수준도 딱히 높다고 하기는

어려웠지만, 그래도 저 서북고 선수들처럼 기본적인 볼트래핑까지 엉망일 정도는 아니었다.

피지컬적인 열세가 걱정되긴 하지만, 그거야 적당히 기술로 승부하면 될 일이다.

양주호는 고민하는 민혁을 향해 제안을 했다.

"5 대 0으로 이기면 내가 갈비탕 쏜다."

"우리 수비도 좋지는 않아서 무실점은 무리 같고… 그냥 3점 이상 차이 나게 이기는 건 어때요?"

"콜."

콜을 외친 양주호의 눈이 서북고 감독을 향한 사이, 민혁은 양주호 몰래 청소년대표팀 선수들에게 다가가 내기의 내용을 알렸다. 위축되어 있던 선수들의 눈빛이 대번에 변하는 순간이었다.

그로부터 얼마 후.

시합을 알리는 휘슬이 울렸다.

* * *

서북 고등학교 축구부는 약팀으로 유명했다. 축구부 창립 이래 전국 대회 8강에 한 번도 못 오른 것으로 유명했는데, 그러고도 감독이 잘리지 않는 건 감독이 이사장 라인을 탔기 때문이었다.

하지만 16세 이하 청소년대표팀에겐 쉬운 상대가 아니었다. 아직 성장기인 그들은 피지컬이 다 갖춰지지 않았고, 때문에 두 살 이상 많은 고등학교 축구부를 상대하는 건 쉽지 않았다.

서북고 축구부는 거칠었다. 기술보다 피지컬 위주로 플레이를 진행하고 있기 때문이었다. 피지컬 열세에 있는 17세 이하 대표 팀 선수들에겐 완벽하게 먹혀드는 플레이였다.

"억!"

17세 이하 대표 팀 윙어 민정후가 바닥을 굴렀다. 서북고 풀백과의 몸싸움에서 완벽하게 밀린 까닭이었다.

심판을 맡은 장준우는 휘슬을 불지 않았다. 평소라면 반칙을 선언했을 그였지만, 서북고가 거친 플레이를 하더라도 웬만하면 반칙을 선언하지 말라는 지시를 받았기 때문이었다. 나중에 서북고 감독이 반칙을 너무 불어서 어쩌고 할 빌미를 주지 않기 위함이었다.

17세 이하 대표 팀 선수들은 억울하단 시선으로 장준우를 보았다. 이게 어떻게 반칙이 아니냐는 시선이었다.

"뭐 해? 플레이 계속해!"

장준우는 자신을 바라보는 선수들을 향해 외쳤다.

서북고 공격수는 발 앞으로 굴러온 공을 때려 홈런을 날렸다. 야나기사와의 후지산 대폭발 슛이 생각나는 모습이었다.

"김종률! 너 이 자식! 제대로 못 해!"

서북고 감독은 펄펄 뛰었다. 별로 좋은 찬스가 아니었음에도, 그는 마치 골대를 3m 앞에 둔 상태의 1 대 1 찬스를 날려버린 공격수를 보는 시선으로 자기 선수를 노려보고 있었다. 저래서야 어디 무서워서 슛이나 한 번 날리겠나 싶을 정도였다.

"한심한 양반 같으니."

양주호의 고개가 천천히 저어졌다. 그래도 전국 대회 3연패를 기록한 감독이라 그런지, 선배인 서북고 감독의 몸에선 찾아볼 수 없는 여유가 흐르고 있었다.

그러는 동안, 그라운드에선 볼경합이 이루어졌다. 서북고 선수가 워낙 우악스럽게 달려든 탓에 깔끔한 볼 터치는 이루어지지 않았고, 그렇게 두 선수의 사이를 지나 굴러간 공은 민혁의 발치에 닿았다.

"수비 진짜 엉망이네."

서북고 수비수들은 세컨 볼에 대한 집중력이나 전술이 전혀 없었다. 그저 공을 따라 달리거나 공을 잡은 상대방을 몸으로 밀어 공을 뺏는 방식이 전부였다.

민혁은 중얼거렸다. 수비가 이따위니 만년 하위권이지.

"여기!"

민혁이 잠깐 공을 끄는 사이, 박스 근처로 들어간 대표 팀 선수가 손을 들고 외쳤다.

하지만 민혁은 그에게 공을 주는 대신 드리블을 택했다. 서북고 수비의 수준과 스타일을 생각할 때, 저쪽으로 공을 밀어 넣었다가는 공격이 이어지긴커녕 부상자만 나올 느낌이었다.

요청을 무시한 민혁은 서북고 수비진 사이로 뛰었다. 민혁의 속도는 빠르지 않았지만 서북고 수비수들은 민혁을 막지 못했다. 터치가 워낙 깔끔해 발을 집어넣을 틈이 보이지 않았다.

"골키퍼! 골키퍼 나와!"

서북고 감독은 목에 핏대를 세웠다. 움츠러들었던 서북고 키퍼는 다급히 달려 나오며 민혁을 막았지만, 민혁은 공을 길게 터치해 그에게서 벗어난 후 발끝으로 공을 살짝 띄웠다. 로빙슛 시도였다.

공중에 뜬 공은 넘어지는 골키퍼를 넘어 골문으로 들어갔다. 통통 튕긴 공은 골망을 가볍게 흔들어 골이 들어갔다는 확인 사살을 끝내주었고, 심판인 장준우는 휘슬을 불어 골을 알렸다.

"어?"

서북고 골키퍼는 휘슬 소리를 듣고 뒤를 돌아보고는 멍청하게 굳어버렸다. 그렇게 찬 공이 골문 안으로 들어갔으리라고는 생각도 못 했던 모양이었다.

'설마 로빙슛을 한 번도 못 본 거야?'

민혁은 혀를 내둘렀다. 아무리 약팀이라지만 너무하지 않은가.

"감독 진짜 병신인가……."

그는 양주호가 들었더라면 좋아했을 말을 한 후 자리로 돌아가 몸을 돌렸다.

그 후의 전개도 별로 다르지 않았다. 서북고 축구부는 90년대 한국 축구의 흐름을 그대로 따라가는 플레이를 전개했지만 중앙으로의 볼 전달이 제대로 되지 않았고, 어쩌다 공이 전달된다고 해도 엉뚱한 곳으로 공이 날아가거나 골키퍼 정면으로 향하는 슛이 되는 경우가 대부분이었다.

제대로 된 감독이라면 피지컬 우위에 착안해 롱볼과 크로스를 이용한 헤딩을 노리겠지만, 라인을 잘 타서 자리를 유지하고 있을 뿐인 감독에게 그런 유연성을 기대하는 건 가혹한 일이었다.

반면, 청소년대표팀의 플레이는 전혀 달랐다. 그들도 90년대 한국 축구의 흐름인 측면 패스와 윙어의 활용은 동일했지만, 공격형미드필더 자리에 있는 민혁을 통해 플레이 템포와 패스의 조율이 이뤄지고 있었다.

더구나, 서북고 축구부는 테크닉을 이용한 민혁의 침투를 전혀 막지 못했다. 반칙성 플레이를 시도하는 선수가 있지만 잉글랜드 무대에서만큼 위협적이지도 못했고 속도도 느렸다. 민혁에게는 땅 짚고 헤엄을 치는 것과 마찬가지의 상황이란 이야기였다.

민혁에게 낚인 수비수들이 빠져나간 곳으로 청소년대표팀 포워드가 침투했다. 대표 팀으로 뽑힐 만한 재능임을 드러내는 플레이였다.

민혁은 몸을 돌림과 동시에 힐킥을 시도해 패스를 넣었고, 그 패스는 골로 연결되었다.

"야! 진짜 똑바로 못 해!"

서북고 감독은 물병을 걷어찼다. 아무리 청소년 대표라지만 두 살이나 어린놈에게 저렇게 당하는 게 말이 되느냐는 듯한 표정이었다.

"못 이기면 니들 다 죽어!"

"하……."

서북고 선수들은 짜증 섞인 한숨을 쉬었다. 이러는 게 한두 번이 아닌 모양이었다.

"야, 적당히 해라."

민혁은 협박 비슷한 것을 시도하는 서북고 선수를 힐끗 보고는 몸을 돌렸다. 불쌍하긴 하지만 이쪽도 갈비탕이 걸려 있었다. 아무리 정식 시합이 아니라도 사정을 봐줄 만한 경기가 아니었다.

서북고의 공격이 의미 없이 끝난 순간, 민혁은 손을 들고 크게 외쳤다.

"패스!"

*　　　*　　　*

"저거 진짜 물건인데요?"

스포츠 고려의 배성일 기자는 옆에 앉은 남자를 바라보며 말했다. 대학 선배인 한영 일보 최주평 기자였다.

청소년대표팀과 서북고 축구부의 경기는 일방적인 흐름으로 전개되었다. 현재의 스코어만 봐도 그것을 알 수 있었다. 아직 10여 분이 남아 있는데도 6 대 1이란 스코어를 기록 중이었는데, 서북고의 1점도 우연에 우연이 겹쳐져 만들어진 골임을 생각하면 압도적이라는 말도 부족할 지경이었다.

"서북고 원래 약팀이잖아."

최주평은 물고 있던 담배를 비벼 끄고는 카메라를 들었다.

카메라엔 골을 넣은 민혁의 모습이 담겼다. 민혁의 두 번째 골이자 청소년대표팀의 일곱 번째 골이었다.

"쟤 어시 몇 개 했지?"

"세 개요."

"일곱 골 중 다섯 개를 만들었다 이거지?"

묘한 표정을 짓던 최주평은 문득 떠오른 생각에 입을 열었다.

"쟤, TV에 나왔던 애 맞지?"

"방금 골 넣은 애요? 대표 팀 10번?"

"어."

배성일의 고개가 끄덕여졌다. 가물가물하긴 하지만 KBC 휴먼 히스토리에 나온 선수가 맞았다.

"네, 맞아요."

"역시."

최주평은 수첩을 꺼내 방금 전 말한 내용을 적었다. 아무래도 이번 청소년대표팀 감독이 자신들을 부른 이유가 저 애 때문이라는 생각이 들었다.

그가 수첩을 접자, 배성일은 이상하다는 표정으로 물었다.

"근데 선배님."

"왜?"

"걔요. 저렇게 잘하는데 대회엔 왜 못 나왔죠?"

"너 기자 생활 몇 년 했냐?"

"올해가 2년이죠."

"인마, 그럼 감을 잡아야지."

배성일은 잘 모르겠다는 표정을 지었다. 답답해진 최주평은 배성일의 뒤통수를 후려치려다, 그가 원래 문화부 기자임을 떠올리며 손을 내렸다.

"너 스포츠 쪽으로 옮긴 지 얼마나 됐냐?"

"세 달요."

그렇다면 저 멍청함도 아슬아슬하게 허용 범위라고 판단한 최주평은 주머니에서 담배를 꺼내 물며 그에게 물었다.

"너 높으신 분들이 제일 싫어하는 게 뭔지 아냐?"

"그거야 정신 똑바로 박혀 있는 부하 직원들이죠. 그분들은 자기 말 잘 듣는 사람 좋아하지 옳고 그름 따지는 사람들 싫어하잖아요."

"그거 말고……."

최주평은 한숨을 쉬었다. 틀린 말은 아니지만 정답도 아니었다.

"높으신 분들이 제일 싫어하는 건 변수야. 갑자기 툭 튀어나온 모서리 같은 거."

"왜요?"

"통제가 힘들거든."

그는 라이터를 꺼내 담배에 불을 붙이고 말을 이었다.

"축협이 자기 마음에 드는 선수 꽂는 건 알지?"

"그거야 알죠."

배성일은 못마땅한 표정을 지었다. 아무리 그래도 그것도 모르는 병신이겠냐는 듯한 표정이었다.

"그래, 그런데 저런 애 툭 튀어나와서 내정된 선수 있는 자리 위협해 봐라. 좋아하겠냐?"

"저 정도로 잘하면 좋아하지 않을까요?"

"잘하니까 더 문제지. 쟤가 라인이라도 있으면 모르겠는데 그것도 아니잖아. 외국에서 몇 년이나 살다 온 애를 밀어줄 사람은 하나도 없는데 꼭 넣어야 한다는 이야기 돌면 골치 아파져. 여론에 밀려서 덜컥 넣었는데 국민 영웅 돼서 다른 라인 타면 어쩔 건데?"

"에이. 겨우 청소년 대표인데 영웅까지 되겠어요?"

"한국인들 냄비 근성 쩌는 거 몰라? 청소년 대표고 뭐고 저런 실력으로 팀 멱살을 잡고 우승시키면 하루도 못 돼서 난리가 날걸?"

최주평은 경기장을 바라보았다. 마침 종료를 알리는 휘슬이 울렸다. 스코어보드는 7 대 1을 가리키고 있었고 서북고 감독은 미쳐 날뛰고 있었다. 선수들을 세워놓고 줄빠따를 때릴 것 같은 모습이었다.

"슬슬 움직이자. 인터뷰 따야지."

둘은 문을 열고 안으로 들어갔다. 감독인 양주호의 요청으로 온 거라 제지하는 사람은 아무도 없었다.

그들은 양주호가 있는 방향을 바라보았다. 인터뷰 허락을 받기 위해서였다.

그곳엔 뜻밖의 모습이 펼쳐져 있었다.

"…왜 저러죠?"

"글쎄."

양주호는 머리를 감싸 쥐고 절규하고 있었다. 이긴 팀 감독이 보일 법한 모습은 아니었지만, 20명이 넘는 선수들에게 갈비탕을 뜯기게 될 사람이라면 완벽히 들어맞는 모습이었다.

잠깐 양주호를 보던 기자들은 민혁에게 다가가 입을 열었다.

"안녕."

"…누구세요?"

"기자. 인터뷰 될까?"

민혁은 굳이 인터뷰 요청을 거부하지 않았다. 재작년 휴먼 히스토리 팀이야 박순자 여사의 압박을 염려해 인터뷰를 피했지만, 그녀에게 축구를 하는 걸 허락받은 지금은 인터뷰를 피할 이유가 없었다.

인터뷰는 오늘 경기보다는 영국에서의 생활이 주를 이뤘다. 16세 이하 청소년대표팀과 고등학교 축구부의 경기는 기삿거리가 되지 않았다. 그러니 최주평과 배성일로서는 독자들이 관심을 가질 만한 내용으로 인터뷰를 잇는 게 이치에 맞았고, 민혁도 그 부분에 딱히 태클을 걸지 않았다.

"아스날… 어디서 들어본 것 같은데요?"

"저번에 프리미어리그 우승한 팀이잖아. 스포츠기자라는 놈이 그것도 모르냐?"

"저 스포츠로 옮긴 지 세 달밖에 안 됐다니까요."

배성일의 투덜거림은 공허하게 흘러갔다. 최주평의 관심은 다시 민혁에게 옮겨 가 있었기 때문이었다.

그는 잉글랜드 축구계의 유소년 교육에 대해 물었다. 그 내용을 굳이 감출 이유가 없던 민혁은 인터뷰에 성실하게 임해주었고, 최주평은 만족한 표정으로 수첩을 덮으며 말했다.

"괜찮은데? 잘하면 1면 메인 기사로 올릴 수 있겠어."

최주평은 웃었다. 고등어를 기대하고 낚싯대를 던졌는데 감성돔이 올라온 느낌이었다.

하지만 그 기사가 메인으로 뜨는 일은 없었다.

금강산 관광이 시작되면서, 모든 이슈가 그곳으로 몰렸기 때문이었다.

7

1999-2000 시즌

1998–99 시즌은 맨체스터 유나이티드의 시즌이었다.

퍼기의 아이들을 앞세운 맨체스터 유나이티드는 챔피언스 리그와 프리미어리그, 그리고 잉글랜드 FA 컵 우승으로 트레블을 이뤄냈다. 잉글랜드 클럽 역사상 처음으로 맞이하는 트레블이자, 유럽 전체로 범위를 넓혀도 4번째로 맞이하는 트레블이었다.

"아깝네."

민혁은 조용히 중얼거렸다. 회귀 전의 흐름에서도 맨체스터 유나이티드가 트레블을 이룩한 시즌이긴 했지만, 그래도 소속 팀인 아스날이 승점 1점 차이로 우승을 놓쳤다는 건 안타까운 일이었다.

우승을 놓친 아스날 스쿼드엔 적지 않은 변화가 있었다.

나이젤 윈터번을 대신해 아스날의 왼쪽 풀백을 책임질 시우비뉴가 아스날에 입단했고, 유벤투스의 골칫거리인 티에리 앙리의 입단이 물밑에서 타진되고 있었다. 거론되는 이적료는 1,100만 파운드였는데, 아스날 코치 일부는 프랑스에서 반짝한 선수에게 그 정도 금액을 지불할 가치가 있느냐는 이야기도 꺼내고는 했다. 분명히 밤중에 이불을 뻥뻥 걷어차게 될 질문이었다.

미드필더 레미 가르드는 아스날에서 은퇴했다. 33세라는 나이는 은퇴하기엔 조금 이른 감이 있었지만, 무릎 부상으로 인해 1군 레벨에서 더 이상 뛸 수 없다는 판단이 들었던 모양이었다.

스티브 보울드도 아스날을 떠났다. 행선지는 선더랜드였고 이적료는 고작 50만 파운드였다. 하기야 나이가 있으니 그만한 이적료가 나온 것도 놀라웠지만, 민혁은 차후 아스날의 수석 코치가 될 그가 아스날을 떠난다는 사실에 묘한 느낌을 받았다.

니콜라스 아넬카는 천문학적인 금액으로 레알 마드리드로 간다는 소문이 언론에 의해 퍼지고 있었다. 아직 시간을 끄는 건 금액 조율이 완벽히 이루어지지 않았기 때문일 뿐, 그가 레알 마드리드로 갈 거라는 건 아스날의 모두가 동의하고 있는 사실이었다.

그리고 그것은 아스날을 다소 조급하게 만들었다. 공격의 핵심이었던 아넬카를 판매한다면 대체자를 찾아야 했다. 민혁은 티에리 앙리가 그 문제의 해법임을 알고 있지만, 아직 앙리를 믿지 못했던 아스날의 운영진은 패닉 바이나 다름없는 이적을 요구했다.

민혁은 그 소식을 훈련장에서 들었다. 저스틴 호이트를 통해서였다.

"슈케르가 아스날에 온대."

"슈케르? 그게 누구……."

무심코 입을 열던 민혁은 익숙한 이름을 기억해 냈다. 몇 달 전까지만 해도 TV를 포함한 온갖 매체를 뒤덮던 사람이었다.

다보르 슈케르.

1998년 프랑스 월드컵에서 첫 출전국인 크로아티아를 3위로 이끈 선수이자, 훗날 크로아티아 축구협회의 회장이 되는 사람이었다.

'근데 아스날 9번의 저주 희생양이잖아.'

민혁은 놀라움보다 찝찝함을 느끼고 머리를 긁었다. 이번에도 망할 거라는 보장은 없지만, 자신이 회귀하기 전의 흐름을 생각해 보면 먹튀가 될 공산이 높았다.

얼마 후. 소문만 무성하던 이적이 이루어졌다. 레알 마드리드의 스트라이커 다보르 슈케르가 아스날에 입성하는 순간이었다.

다보르 슈케르의 이적료는 540만 유로였다. 크로아티아를 월드컵 3위에 올려놓은, 그리고 세비야와 레알 마드리드에서 239경기 114골을 기록한 선수의 이적료라기엔 저렴한 액수였다.

하지만 그를 보는 민혁은 복잡한 심경을 느끼고 있었다. 믿고 쓰는 레알산이라는 말이 나오기 이전이기 때문인지, 아스날에서 9번을 받은 슈케르는 그야말로 폭망하고 만다는 걸 알기 때문이었다.

그로부터 며칠 후.

슈케르가 16세 팀 훈련장에 찾아와 민혁에게 물었다.

"드라간 일본에서 잘 지내?"

"네?"

민혁은 당황하며 그를 보았다. 엄청난 기대를 받으며 1군에 입성한 선수가 유소년에 불과한 자신에게 말을 걸어오리라고는 생각도 못 했던 까닭이었다.

"드라간 잘 지내냐고."

"스토이코비치요?"

"응."

"그걸 왜 저한테 물어보는데요?"

당황한 민혁은 자기도 모르게 그렇게 물었다. 평상시라면 스토이코비치가 자신에게 축구를 가르쳐 줬으니 그런 질문이 들어오는 것도 이상하지 않다고 생각했겠지만, 당황으로 머리가 굳어버린 그는 자신이 생각하기에도 한심한 말을 꺼내 버렸다.

다행히, 슈케르는 이상하다는 시선을 보내지 않고 침착하게 물었다.

"너 일본에 있을 때 그 녀석한테 축구 배웠다며."

"잠깐 배우긴 했죠."

민혁은 당황을 지워냈다. 생각해 보니 정말 멍청한 질문을 했다는 생각에 당황이 잠시 부활했지만, 그는 다시 일어난 당황을 억지로 꾹꾹 눌러 집어넣고는 태연한 모습으로 말을 이었다.

"둘이 친해요?"

"사이가 나쁘지는 않지. 청소년 팀에서도 같이 오래 뛰었고."

슈케르의 표정은 그답지 않게 온화해 보였다. 아마도 유고슬라비아 청소년대표팀 시절을 떠올리는 모양이었다.

'아, 이러면 미안해지는데…….'

어차피 폭망할 선수니 친하게 지낼 필요가 없다고 생각했던 민혁은 양심의 가책을 느꼈다.

민혁에겐 다행스럽게도, 대화는 그리 길게 이어지지 못했다. 슈케르가 영어에 익숙하지 않은 게 원인이었다.

적당히 대화가 마무리되자, 민혁은 미안함을 담아 말했다. 어차피 폭망할 것 같긴 하지만 조금이라도 도움이 됐으면 싶어서였다.

"여기 플레이 거치니까 부상 조심하세요. 라리가에선 카드 받을 태클에 휘슬 안 부는 일도 많아요."

"그래, 알려줘서 고맙다."

슈케르는 웃으며 훈련장을 떠났다. 아직 경기를 뛰지 않아서인지 민혁의 조언을 제대로 받아들이지 않는 것 같았다.

민혁은 어깨를 으쓱했다. 어차피 한두 경기만 뛰면 대충 감을 잡겠지 하는 생각이었다.

그는 슈케르를 잠깐 보다 공에 집중했다. 슈케르와 대화를 나누느라 중단된 훈련을 계속할 생각이었다.

하지만 훈련은 이어지지 못했다.

"윤! 사무실로 와!"

* * *

"어… 18세 이하 팀요?"

"그래."

"저 아직 열다섯인데요."

"조 콜은 열일곱에 1군에 데뷔했어. 거기에 비하면 빠른 것도 아니지."

리엄 브래디는 그게 무슨 문제냐는 표정으로 말을 이었다.

"네가 조 콜보다 못할 건 없다고 보는데."

"아직은 아니죠."

민혁은 냉정하게 자신의 수준을 평가했다. 당장 아스날 16세 팀에서도 에이스 자리를 위협받는 처지였다. 데이비드 벤틀리 때문이었다.

데이비드 벤틀리는 1997년에 아스날로 이적해 민혁과 같은 팀에서 뛰고 있었다. 첫 1년은 적응 문제인지 뛰어난 활약을 보이지 못했지만, 윙어로 포지션을 변경한 이후 아스날 16세 팀의 핵심으로 변했다.

민혁이 중앙의 핵심이라면, 벤틀리는 측면의 핵심으로 꼽히고 있었던 것이다.

"데이비드도 이번에 18세 이하 팀으로 올라갈 거다."

"아, 그래요?"

브래디의 말은 민혁의 생각을 바꿔놓았다. 데이비드 벤틀리가 올라가는데 자신이 못 올라갈 이유가 뭐란 말인가.

"갠 올라간대요?"

"너무 늦다고 투덜대던데."

"그럼 저도 올려주세요."

브래디는 서류에 도장을 찍은 후 서랍에 넣었다. 민혁의 18세 이하 팀 합류를 인증하는 서류였다.

"좋아, 나가봐라."

"언제부터 합류하는지 알려주셔야죠."

"오래 끌 거 없지. 내일부터 훈련장 옮겨."

그는 민혁에게 나가라는 손짓을 한 후 전화기를 들었다. 18세 이하 팀 코치진에게 민혁과 벤틀리의 합류를 알려야 했기 때문이었다.

민혁은 브래디의 사무실을 나서 훈련장으로 향했다. 내일 팀을 옮기더라도 오늘 할 훈련을 빼먹을 이유는 못 됐다.

민혁이 훈련장으로 들어가자, 그보다 먼저 면담을 끝내고 돌아와 있던 벤틀리가 손을 들며 그를 불렀다.

"윤! 너도 올라간다며?"

민혁은 벤틀리를 발견하고는 미간을 좁혔다. 아무래도 피곤해질 느낌이었다.

벤틀리에 대한 민혁의 평가는 '잘생긴 또라이'였다. 마치 조증 환자가 아닐까 싶을 정도로 하이 텐션을 걷는 날이 많았기 때문이었다.

"왜 대답이 없어?"

"응? 아, 그래. 올라가."

"거기선 내가 이길 거다."

벤틀리는 경쟁심을 드러냈다. 하기야 민혁이 없었더라면 벤틀리가 아스날 16세 이하 팀의 에이스로 꼽혔을 터였고 실력의 차이도 거의 없었다. 민혁이 16세 팀의 에이스로 꼽히는 건 벤틀리보다 먼저 자리를 잡았기 때문이었지, 실력으로 그를 압도했기 때문이 아니니 말이다.

'뭐, 나쁠 거 없지.'

민혁은 웃으며 고개를 끄덕였다. 벤틀리 정도 되는 선수와 선의의 경쟁을 펼치는 건 민혁 자신에게도 나쁠 게 없었다.

바로 옆에 경쟁자가 있다는 건 훈련에 집중할 요소가 생기는 셈이니까.

다음 날.

민혁은 벤틀리와 함께 18세 이하 팀 명단에 올랐다.

* * *

18세 이하 팀엔 민혁이 아는 선수도 있었다. 스티브 시드웰과 저메인 페넌트. 그리고 민혁보다 조금 먼저 올라온 제이 보스로이드였다.

스티브 시드웰과 저메인 페넌트는 다른 팀에서 넘어온 선수였다. 시드웰은 1997년에 칩스티드라는 팀에서 이적한 유망주였고, 저메인 페넌트는 올해 1월 노츠 카운티에서 200만 파운드로 사 온 유망주였다.

다시 말해, 아스날 18세 이하 팀에서 가장 중요하게 여겨지는 선수란 뜻이었다.

하기야 딱히 이상할 건 없었다. 지금은 아스날의 기대주에 불과한 페넌트지만, 2년 뒤엔 포포투에서 선정한 세계 100대

유망주에서 5위를 차지할 정도로 주목받는 선수가 되니까.

'하지만 성인 무대에선 망했지.'

민혁은 속으로 중얼거렸다. 물론 프리미어리그에서 오랫동안 살아남은 선수에게 망했다는 말이 적합하진 않겠지만, 그래도 기대치에 비하면 망한 거나 다름없었다.

어쩌면 그건 포포투의 선정에 문제가 있어서일지도 몰랐다. 그 2001년 100대 유망주에는 이니에스타와 로벤과 카카가 포함되어 있었는데, 이니에스타의 순위는 20위였고 로벤의 순위는 27위, 카카의 순위는 95위였다.

이니에스타와 로벤은 그렇다 쳐도 히카르도 카카의 순위는 아무래도 납득하기 힘들었다. 아무리 유망주를 평가하는 게 쉽지는 않다지만, 발롱도르 위너가 되는 데다 15세에 브라질 명문 상파울루 1군에 올라간 선수를 너무 낮게 본 거 아닌가 싶었던 것이다.

민혁이 그 순위를 기억하고 있는 것도 바로 그 느낌 때문이었다.

아무리 브라질 리그가 저평가된다지만, 그래도 프랑스 리그앙(Ligue 1)과 비슷한 수준의 리그가 아니냔 말이다.

"자, 자. 대충 인사했으면 자리로 들어가. 훈련 시간 잡아먹지 말고."

리엄 브래디의 목소리는 생각에 잠겨 있던 민혁을 깨웠다.

자리로 향한 민혁은 18세 팀의 훈련에 맞춰 훈련장을 돌았다. 하지만 다른 선수들과는 한 가지 차이를 보였는데, 단순히 그라운드를 돌고 있는 다른 선수들과 달리 민혁의 발 앞엔 축구공이 있었다. 민혁의 요청으로 이루어진 일이었다.

"안 힘들어?"

"계속 이래서 괜찮아요."

돈 호우는 어깨를 으쓱했다. 본인이 괜찮다니 걱정을 할 필요는 없어 보였다.

그렇게 훈련장을 두 바퀴 돈 후, 본격적인 훈련이 시작되었다.

* * *

"18세 팀은 어때?"

모아시르는 능숙한 동작으로 패티를 구우며 물었다. 서당 개 3년이면 풍월을 읊는다더니, 어느새 패티 굽기의 달인이 된 것 같은 느낌이었다.

"그냥 그렇죠."

민혁은 대수롭지 않다는 태도를 보였다. 상대하는 선수들의 피지컬이 올라가 힘에 부치는 느낌이 들긴 했지만, 그건 16세 이하 팀에 들어갔을 때에도 느꼈던 일인 데다 앞으로도 감수해야 할 부분이었다. 타고난 피지컬을 단숨에 올릴 수는 없으니 말이다.

고개를 끄덕이며 패티를 굽던 모아시르는 불을 조금 줄이며 입을 열었다.

"참. 맨유에서 편지 왔어."

"또요?"

"응. 16세 팀으로 오라던데."

민혁은 코웃음 쳤다. 어차피 맨유에 갈 생각도 없지만, 자신이 18세 이하 팀에 합류한 지도 벌써 2주가 넘어가는데 그런 제안이 왔다는 것도 마음에 안 들었다.

"됐어요. 안 간다고 하세요."

"주급은 아스날보다 높아."

"주급 따졌으면 예전에 갔죠."

옛일을 떠올린 모아시르는 패티를 뒤집으며 말을 이었다.

"하긴, 그때 맨유가 제시한 주급이 지금 네가 받는 주급보다 조금 더 높지."

"그러니까요."

"청소년대표팀은 연락 없어? 지난번에 분위기 좋았다며."

민혁의 표정은 살짝 찌푸려졌다. 1면에 실어주겠다며 호언장담을 했던 기자들의 모습이 떠오른 탓이었다.

하기야 17세 이하 대표 팀의 유망주가 금강산 관광에 밀리는 건 당연했지만, 그래도 그런 장담까지 했으면 노력은 해봐야 하는 게 아닌가.

"몰라요. 필요하면 하겠죠."

"큰 경기 많이 경험하는 게 좋은데."

"대표 팀이라고 해봐야 아시아 수준이죠. 차라리 여기서 1군 경기를 보는 게 도움이 될걸요."

민혁은 단언했다. 아시아에서 가장 뛰어나다는 한국의 축구계도 잉글랜드 챔피언십 수준에 못 미치는 게 현실이었다. 최소한 2002년의 축구 붐으로 인해 파이가 커진 후라면 모를까, 지금은 특출난 몇몇 선수를 제외하면 유럽 2부 리그에서 뛸 수 있는 선수도 찾아보기 어려웠다.

하물며 청소년대표팀이야…….

"그래도 나중 생각하면 가보는 게 낫잖아?"

"불러줘야 가죠."

청소년대표팀에선 지난번 소집 이후로 연락이 없었다. 그때 보인 활약을 생각하면 이상한 일이지만, 간간이 연락을 했던 한영 일보 최주평 기자를 통해 들은 내용에 따르면 투덜대는 것 외엔 할 수 있는 일이 없었다.

"축구협회 간부가 밀어주는 애가 셋이나 있어서 안 부른다는데 어떡해요."

"거기도 완전 엉망이구나."

"누가 아니래요."

민혁은 투덜댔다. 하필이면 그 셋 모두가 미드필더라는 게 문제였다.

23인 스쿼드 중 미드필더가 차지하는 숫자가 보통 8~10 사이임을 생각하면 민혁의 자리도 만들 수 있겠지만, 축구협회 간부가 원하는 건 자신이 미는 세 명이 스쿼드에 포함되는 것이 아니라, 그 셋이 청소년대표팀에서 스포트라이트를 받는 것이었다.

"외국에서 고생하는 선수를 굳이 데려와야겠냐면서 막고 있다는데… 아마 그 사람 잘리기 전까진 대표 팀 들어가기 힘들 것 같아요."

"아스날 1군 들어가면 되겠지."

"그때쯤 되면 청소년 대표가 아니라 국가대표에 뽑히겠죠."

일어난 민혁이 컵을 들어 콜라를 붓는 사이, 손님이 왔음을 알리는 종이 울렸다.

"어라? 팔러?"

"어. 역시 여기 있었네."

레이 팔러는 민혁을 보고는 카운터로 향했다. 민혁을 찾아온 모양이었다.

"맥도날드 좋아해요?"

"별로."

"근데 여긴 왜 왔어요?"

"왜긴."

그는 두 장의 티켓을 내밀었다. 하이버리에서 열리는 아스날과 브래드포드 시티의 입장권이었다.

"뭐예요?"

"데니스가 주라던데?"

"예? 데니스가요?"

"요즘 훈련 많이 못 봐줬다며. 미안하다고 전해주래."

민혁은 티켓을 받아 들며 생각했다.

'하긴, 요즘 튜터링이 뜸했지.'

베르캄프에게 받던 개인 교습은 횟수가 확연히 줄어 있었다. 민혁의 기술이 좋아져서 손을 볼 부분이 줄어든 것도 이유였지만, 그보다는 민혁이 18세 팀으로 옮겨 가면서 시간이 잘 맞지 않게 된 부분이 컸다.

"그거 팔면 안 된다."

"안 팔아요."

민혁은 티켓을 웃옷 주머니에 넣고 단추를 잠갔다. 소매치기가 많은 런던이라 웃옷에 넣는 게 제일 안전했다.

"그럼 난 간다."

"햄버거 하나 먹지 그래요?"

"응?"

"제가 살게요."

팔러는 웃으며 카운터 앞 의자에 앉았다. 준다는데 굳이 마다할 이유는 없었다.

얼마 후, 햄버거를 만들어 건넨 모아시르는 잠깐 멈칫하다 팔러에게 냅킨을 건넸다.

"아, 고마워요."

"저, 그게 아니라……."

"네?"

모아시르는 침을 꿀꺽 삼키며 말했다.

"점장이 사인 좀 해달라는데요."

"……."

* * *

아스날과 브래드포드의 경기는 아스날의 승리로 끝났다. 스코어는 2 대 0에 불과했지만 5 대 0이 나와도 이상하지 않았을 경기였다.

하기야 아스날은 유력한 우승 후보로 꼽히고 있었고 브래드포드는 이번 시즌 유력한 강등 후보로 꼽히고 있었으니, 오히려 아쉬워해야 할 경기일지도 몰랐다.

"어, 왔구나."

베르캄프는 민혁에게 다가와 어깨를 툭 치며 말했다.

"근데 왜 에이전트랑 왔어?"

"그럼요?"

"여자 친구 없어?"

민혁은 떨떠름한 표정을 지었다. 피하고 싶은 주제였다.

사실 학교에서 인기가 없지는 않았다. 런던엔 한국인도 제법 있었고, 그중에서 민혁에게 관심을 보이는 여자도 있었다. 외모도 딱히 빠지지는 않는 데다 운동으로 다져진 몸에 아스날이라는 간판까지 있기 때문이었다.

하지만 그게 마냥 좋은 결과로 이어지진 않았다.

"애 여자 때문에 엄청 고생했어요."

"네?"

모아시르는 신이 나서 입을 열었다. 민혁의 표정이 완전히 구겨지는 순간이었다.

"두 살 어린 여자애가 얘 좋다고 따라다니면서 난리를 쳤거든요. 얘한테 접근하는 여자애가 있으면 그냥 달려들어서 머리를 쥐어뜯고 소리를 지르는데……."

"와우!"

모아시르와 베르캄프는 신나게 떠들었다. 자기 일이라면 공포지만 남의 일이라면 재미있는 이야기였다.

그 이야기의 주인공은 런던 부도심에 건물도 하나 가지고 있는 부잣집 딸이었고, 얼굴도 예쁜 데다 의대를 지망할 정도로 성적도 좋았다. 연애 시뮬레이션이었다면 A급 공략 난이도를 가지고 있을 만한 캐릭터란 이야기였다.

하지만 민혁은 그 여자애라면 치를 떨었다. 지나친 얀데레적 성향이 문제였다.

사귀는 사이도 아닌데 반 친구랑 이야기했다고 면도날이 담긴 편지를 보낸 적만 여섯 번이고, 경기를 보러 온 팬들과 이야기를 하는 중에도 섬뜩한 기운이 느껴져 돌아보면 그 애가 있었다.

민혁은 처음엔 무시 전략을 썼다. 웬만하면 떨어지겠지 하는 생각이었다.

하지만 민혁에게 집착하기 시작한 그녀는 결국 스토커로 돌변해 민혁을 공포에 떨게 했고, 참다못한 민혁이 모아시르를 통해 그녀의 부모에게 하소연을 하고서야 상황이 끝났다. 교민 사회의 평판을 우려한 그녀의 부모가 강제 유학을 보내버린 덕분이었다.

"오, 그래요?"

"솔직히 저도 좀 섬뜩했죠. 특히 막판에 걔네 집에 갔을 때……."

"그만해요."

민혁은 잔뜩 인상을 구겼다. 반년 가까이 된 일이지만 지금 생각해도 소름이 끼쳤다.

"근데 아깐 왜 패스를 한 거예요?"

"아까? 언제?"

"브래드포드 7번한테 끊긴 공격요."

베르캄프는 기억을 더듬다 어깨를 으쓱했다. 기억이 나지 않는다는 뜻이었다.

그로 인해, 어떻게든 화제를 돌리려던 민혁의 노력은 허사가 되었다.

"참. 아까 말한 여자애 말인데요. 지금도 가끔 재한테 편지를……."

두 사람은 다시 민혁의 스토커에 대한 이야기를 꺼냈다. 민혁으로서는 듣고 싶지 않은 이야기였다.

민혁은 인상을 구기며 경기장을 떠났다.

"훈련이나 해야겠다."

*　*　*

"어라?"

훈련장엔 의외의 인물이 있었다. 이적해 오자마자 아스날 18세 이하 팀의 에이스가 된 저메인 페넌트였다.

"베르캄프한테 튜터링 받는다며?"

페넌트는 다짜고짜 질문을 던졌다.

"그런데?"

"못 하겠다고 해."

민혁은 어이가 없다는 표정으로 그를 보았다. 정말 이놈이고 저놈이고 왜 다들 헛소리를 지껄여 대는지 모르겠단 심정이었다.

"싫은데?"

페넌트의 미간이 찌푸려졌다. 그 역시 민혁이 순순히 응하지는 않으리라 생각했지만, 왠지 자신을 우습게 보는 것 같은 느낌이 맘에 들지 않았다.

"난 곧 1군 올라가."

"자랑하는 거야?"

"그러니까 양보하라는 거다."

민혁은 코웃음 쳤다.

"그럼 네가 데니스 찾아가서 도와달라고 해. 그럼 되겠네."

페넌트는 입을 다물었다. 사실은 민혁이 베르캄프에게 튜터링을 받고 있다는 점이 마음에 들지 않았을 뿐이라, 베르캄프를 찾아가 튜터를 요청할 생각과 자신은 없었다.

민혁도 그걸 눈치채고 있었다. 만약 페넌트가 정말로 베르캄프에게 배우고 싶었던 거라면 코치에게 의사를 표했을 테고, 그게 통과되었다면 벌써 베르캄프나 코치를 통해 자신에게도 연락이 왔을 터였기 때문이었다.

거기에 생각이 미쳐 불쾌해진 민혁은 빈정거렸다.

"볼 터치도 제대로 못 하는 게 무슨 베르캄프야?"

"뭐?"

페넌트는 어이가 없다는 표정을 지었다. 18세 팀에서도 손꼽히는 볼 터치를 가진 자신에게 할 소리는 아니었다.

"장난하냐?"

"장난이라니."

민혁은 발아래에 있던 공을 툭 차올려 발등으로 받았다.

동작은 계속해서 이어졌다. 한 번 더 힘을 받은 공은 민혁의 왼쪽 어깨에 멈췄다 등을 타고 오른쪽 어깨로 굴러갔고,

거기서 떨어진 공은 민혁의 오른쪽 발등에서 정확히 멈춘 후 머리 위로 날았다.

다음 순간에 볼을 터치한 건 왼쪽 발꿈치였다.

다시 한번 허공을 날은 공은 민혁의 오른쪽 발등에 닿았다. 이번에도 흔들림 없이 완벽한 터치였다.

"베르캄프한테 배우려면 이게 기본이야. 그러니까 꿈 깨라."

"……."

페넌트는 말없이 입술을 깨물었다. 주먹을 꽉 쥐는 모습이 불안하긴 했으나, 머리가 있다면 여기서 주먹질을 하지는 않을 터였다.

'근데 얘 머리 나쁘지 않았나?'

순간 민혁은 불안함을 느꼈다. 페넌트는 우스갯소리로 '월콧형 윙포워드'라고 불리는 부류에 속하는 선수였다. 속도도 빠르고 스킬도 있지만 축구 지능과 감각이 심각하게 부족하단 이야기였다.

하지만 다행히 폭력은 없었다. 새로운 얼굴이 훈련장에 들어온 덕분이었다.

"헤이, 윤!"

민혁과 페넌트는 소리가 난 곳을 보았다. 데이비드 벤틀리와 저스틴 호이트였다.

"뭐 해?"

"훈련."

"무슨 훈련을 그렇게 열심히 해?"

벤틀리는 이해를 못 하겠단 표정을 지었다. 노력보단 재능으로 축구를 하는 타입인 그였던지라, 자신과 비슷한 재능을 가진 민혁이 연습을 이어가는 이유를 이해하지 못했다.

"너나 난 그냥 즐기면 돼. 노력은 몸 나쁘고 머리 나쁜 놈들이나 하는 거야."

"나 피지컬 안 좋아."

"그럼 벌크 업을 해야지."

민혁은 피식 웃고는 페넌트를 향해 고개를 돌렸다. 아직 할 말이 남아 있느냐는 의미였다.

"젠장."

페넌트는 인상을 쓰며 자리를 떠났다. 3 대 1은 이길 자신이 없었다.

그가 떠난 후, 저스틴 호이트가 입을 열었다.

* * *

"무슨 일이야?"

"그냥 시비."

저스틴은 밖으로 나가는 페넌트를 힐끗 보고는 말했다.

"재랑 싸우면 안 좋지 않아? 코치들이 꽤 밀어주던데."

"괜찮아. 어차피 7부 리거인데 뭐."

"무슨 소리야?"

"아, 재 결국엔 망할 거라고."

민혁은 단언했다. 회귀 전과 똑같은 흐름이라면 저메인 페넌트는 2017년쯤 잉글랜드 7부 리그의 빌러리타운 FC에서나 뛰는 선수로 몰락할 터였다.

"재수는 없어도 잘만 하던데?"

"지금이야 그렇지."

민혁의 표정엔 변화가 없었다. 반드시 그렇게 될 거라고 믿고 있기 때문이었다.

그런 일이 있은 뒤 며칠 후.

16세 이하 팀에 있던 선수 중 두 명이 18세 팀으로 올라왔다. 한 명은 제롬 토마스였고, 또 다른 한 명은 저스틴 호이트였다.

저스틴 호이트를 본 저메인 페넌트는 인상을 구겼다. 그가 민혁과 친하다는 걸 아는 페넌트로서는 기분이 좋지 않았다. 그렇지 않아도 이적생이라 팀에 같은 편이라 할 만한 사람이 없는 지금, 민혁의 편이 늘어난다는 게 달가울 리 없었다.

그로 인해 저메인 페넌트의 돌발 행동은 자취를 감췄다. 적어도 민혁을 압박하는 일은 없었고, 경기 중에 불화를 일으키는 일도 없었다. 빨리 1군에 입성해야 하는 공격수인 그로선 미드필더의 도움이 필요했고, 민혁이 바로 그 미드필더였기 때문이었다.

그런 분위기가 이어지는 동안 달력의 앞이 1에서 2로 변했다. 2000년대의 시작이었다.

해가 넘어 시즌 말미에 들어서면서, 민혁은 18세 이하 팀의 주전을 확보했다. 아직 피지컬적인 약세를 극복하진 못했지만 대응하는 방법에 능숙해진 덕분이었다.

"저건 못 뺏지."

18세 팀 코치 돈 호우는 연습경기 중인 민혁을 힐끗 보곤 고개를 저었다. 16세 팀에서 뛸 때도 그랬지만, 기술 하나만큼은 1군 레벨에서도 상위권에 랭크될 레벨에 도달해 있었다. 이젠 정말 베르캄프 말고는 민혁을 기술로 이길 선수는 없다고 봐도 무리가 아니었다.

하지만 피지컬 약세가 너무나 컸다. 18세 팀의 평균적인 수준만 됐어도 당장 1군으로 보냈을 테지만, 민혁은 이제 겨우 18세 팀 수준에 적응한 정도였다.

다시 말하면, 1군 선수들의 피지컬 압박에선 벗어날 수 없다는 이야기였다.

돈 호우는 리엄 브래디를 보며 질문을 던졌다.

"슬슬 워딩턴 컵(Worthington Cup)에 보내도 되지 않을까요?"

워딩턴 컵은 잉글랜드의 리그 컵을 부르는 명칭이었다. 1998년까지 코카콜라 컵이라고 불리던 리그 컵의 스폰서가 영국의 맥주 회사인 워딩턴(Worthington Draught bitter)으로 교체되면서 워딩턴 컵이라는 이름으로 바뀐 것이다.

계약기간인 2002—03 시즌까지는 워딩턴 컵으로 불릴 터였고, 그다음엔 새로 계약을 하는 회사의 명칭을 본떠서 이름이 또 바뀌겠지만 말이다.

아무튼, 하부 리그에 있는 팀과도 경기를 갖는 FA 컵이나 워딩턴 컵이라면 민혁 같은 유망주가 뛰기에도 무리는 없었다.

"차라리 데이비드를 올리는 건 어때?"

"벤틀리요?"

"그래. 걔는 측면이라 피지컬 걱정이 덜하잖아."

"아무래도 중앙보단 측면에서 뛰는 애들이 올리기 쉽긴 하죠."

"그렇지."

브래디는 고개를 끄덕이며 말을 이었다.

"윤도 굉장히 좋은 선수긴 한데 아직은 좀 무리야. 측면으로 보내면 뛸 수야 있겠지만……."

"속도가 좀 부족하죠."

돈 호우는 안타깝다는 표정을 지었다. 민혁이 느린 선수는 아니지만 스피드에 강점이 있는 선수도 아니었다.

반면, 민혁의 경쟁자인 데이비드 벤틀리는 스피드에 강점을 가지고 있었다.

벤틀리는 빨랐다. 놀랍게도 공이 없을 때보다 공이 있을 때

더 빠른 선수였는데, 그것은 유스 팀에서 뛰는 지금도 다르지 않았다. 공을 잡고 있는 상황이라면 잉글랜드에 있는 18세 이하 팀 선수 중에서 가장 빠를 거라는 확신을 가져도 좋다고 생각할 정도였다.

아직은 일어나지 않은 일이지만, 데이비드 벤틀리는 2008년 프리미어리그 최고의 스피드 스타로 꼽히기도 했다. 공을 가지고 있을 때의 속도가 무려 34.08㎞/h로, 빠르기로 유명한 가브리엘 아그본라허보다 0.8㎞/h나 빠른 스피드였다. 100m로 따지면 10초대 중반이 나온다는 이야기였다.

"윤이 50m 얼마나 나오지?"

"6초 38이었을 겁니다. 제 기억이 맞다면요."

"느린 건 아니군."

"막판에 뒷심이 조금 부족해요. 100m는 12초 8이거든요."

"축구선수가 100m 전력 질주를 할 이유는 없잖아. 50m 기록만 괜찮으면 돼. 게다가 미드필더고."

공격수나 풀백은 전력 질주를 해야 할 일이 많았다. 공격수는 수비수를 따돌리고 골을 넣기 위해서였고, 풀백은 오버래핑 후 상대방의 역습이 들어오는 상황을 맞이할 수 있기 때문이었다.

하지만 민혁의 포지션, 그러니까 중앙미드필더는 그렇지 않았다. 물론 민혁은 윙과 공미, 그리고 중앙미드필더 롤을 모두 수행할 수 있지만, 주 포지션인 공격형미드필더와 중앙미드필더 롤에선 전력 질주를 할 일이 별로 없었다.

공격형미드필더와 중앙미드필더는 템포 조절과 짧은 드리블, 그리고 적재적소에 넣어주는 패스 위주의 플레이를 하는 역할에 주력하는 포지션이었다. 완벽한 역습 상황이 아니면 전력 질주를 할 까닭이 없다는 뜻이었다.

"하지만 벤틀리는 기술이 부족하죠. 체력도 좀 떨어지고요."

"체력은 윤도 마찬가지 아냐?"

"…그러네요."

"둘 다 좀 더 보는 게 좋겠어."

리엄 브래디는 팔짱을 낀 채 연습경기를 계속 살폈다. 그러던 중 민혁의 패스가 벤틀리의 크로스로 이어졌고, 페널티박스로 침투한 저메인 페넌트가 날아온 공을 차 골망을 흔드는 모습이 보였다.

"참, 페넌트 1군으로 올린다고 했지?"

"워딩턴 컵에서 써본다네요."

"언제?"

"미들즈브러전을 생각하고 있다던데… 그럼 유스 컵 진행에 문제가 있지 않을까요?"

"됐어. 어차피 왔다 갔다 할 거니까. 코치 생활 오래 했으면서 그걸 왜 걱정해?"

"페넌트는 안 올지도 모르니까 그렇죠."

브래디는 그 말을 듣곤 콧잔등을 찡그렸다. 하기야 저메인 페넌트라면 이대로 1군에 정착해 버릴지도 몰랐다. 아스날이라는 구단의 일원으로서는 자랑스러워해야 할 일이긴 해도, 유스 컵을 진행해야 하는 감독으로서는 팀의 가장 큰 전력을 잃어버리게 되는 상황이었다. 마냥 자랑스러워할 일은 아니라는 뜻이다.

그러나 그건 유스 팀 감독의 숙명이었다. 유스 팀은 성적을 위해 있는 게 아니라 1군으로 올라갈 선수들을 길러내기 위해 존재하는 거니까.

그 점을 되새긴 브래디는 어깨를 으쓱하고 말했다.

"그거야 1군에서 알아서 하겠지. 필요하면 계속 쓰는 거고, 아니면 다시 내려보내는 거고."

"그건 그렇죠."

"이미 우리 손을 떠난 일이니까 신경 써봐야 우리만 손해야."

브래디는 손을 툭툭 털며 말을 이었다.

"우린 유스 컵이나 잘 챙기자고."

* * *

리엄 브래디와 돈 호우의 걱정은 기우에 불과했다. 저메인 페넌트는 1군에 안착하지 못했고, 일단 18세 이하 팀에서 뛰면서 소환이 있을 때만 1군으로 올라가는 형식을 유지했다. 잉글리시 FA 유스 컵을 치러야 하는 아스날 18세 이하 팀 코치진들로서는 반가운 일이었다.

아스날 18세 이하 팀은 막강한 위력을 발휘했다. 뛰어난 실력을 가진 수비수는 저스틴 호이트 한 명뿐이었지만 수비진의 조직력은 나쁘지 않았고, 민혁과 데이비드 벤틀리가 있는 미드필더진은 잉글랜드 전체에서도 손에 꼽을 만한 위력을 보여주고 있었다.

하지만 제이 보스로이드와 저메인 페넌트로 이루어진 투톱은 잉글랜드 유스 컵 우승을 목전에 둔 지금까지도 불협화음을 내고 있었다. 차라리 보스로이드 대신 갓 승격한 제롬 토마스를 넣자는 말이 진지하게 받아들여질 정도로 말이다.

'개판이네.'

공을 받은 민혁의 고개가 좌우로 흔들렸다. 전방으로 공을 넣으려던 생각은 완전히 지워져 버렸다. 저메인 페넌트와 제이 보스로이드의 동선이 계속해서 겹치면서 서로 간에 방해만 하고 있기 때문이었다.

민혁은 코벤트리 시티 수비수의 압박을 벗겨내고는 오른쪽 측면으로 공을 돌렸다. 데이비드 벤틀리가 있는 방향이었다.

속도를 높인 벤틀리는 공을 잡자마자 크로스를 올렸다. 베컴을 연상시키는 정교한 크로스였다.

다른 점이 있다면, 그 크로스는 골로 연결되지 못했다는 점이었다.

"망할!"

페넌트는 땅을 쳤다. 갑자기 달려든 보스로이드 때문에 정확한 타이밍에 헤딩을 못 한 것이다.

보스로이드는 페넌트를 힐끗 보고는 자리를 떠났다. 미안하다는 말조차 하지 않는 그였다. 페넌트를 경쟁 상대로 생각하고 있기 때문이란 점은 모르지 않지만, 그래도 같은 팀 선수로서 보일 법한 태도는 아니었다.

"저거 좀 심한데요."

"그렇지?"

브래디는 왼손으로 얼굴을 한 차례 쓸어내린 후 입을 열었다.

"제롬 준비시켜."

"제롬, 나가서 몸 풀어."

벤치에 있던 제롬 토마스가 터치라인 밖에서 몸을 풀었다. 경기장을 둘러보던 보스로이드와 페넌트도 몸을 푸는 그를 보고는 표정을 굳혔다. 둘 중 한 명은 교체하겠다는 뜻임을 느꼈기 때문이었다.

그로부터 4분이 지나갈 무렵, 돈 호우는 보스로이드를 불러들였다.

보스로이드는 어이가 없다는 표정으로 자신을 가리켰다.

정말 페넌트가 아니라 자신을 부른 게 맞느냐는 제스처였다.

돈 호우는 고개를 끄덕였다. 그러자 보스로이드는 바닥에 침을 뱉고는 성큼성큼 걸어 그라운드를 빠져나갔다. 이미 카드가 있는 상황에서 할 법한 행동은 아니었다.

옐로카드를 꺼내려던 심판은 그가 이미 카드를 받았음을 떠올리며 꾹 참았다. 결승전에서 선수를 퇴장시키는 것만큼 부담스러운 일도 없는 데다가, 걷기는 해도 그리 느린 속도는 아니었던 까닭이었다.

그렇게 그라운드를 나온 보스로이드는 주먹을 부르르 떨며 입을 열었다.

"Fuck!"

"이봐, 제이."

"닥쳐!"

보스로이드는 유니폼을 벗어 돈 호우의 얼굴에 집어 던졌다. 그를 보던 모두를 경악하게 만드는 장면이었다.

봉변을 당한 돈 호우는 황당하단 표정으로 그에게 물었다.

"뭐 하는 짓이야?"

"왜 내가 교체야? 어?"

"제이!"

"닥쳐, 부르지 마!"

보스로이드는 벤치를 걷어차고 경기장을 나가 버렸다. 무단 이탈이었다.

"미친놈."

벤치의 선수들은 혀를 내두르며 고개를 저었다. 아무리 주전이 보장된 선수라도 저런 태도를 보이는 건 옳지 않았다.

그것도 1군도 아닌 유스 팀 선수가.

"됐어, 신경 쓰지 마."

브래디는 몇 번이나 박수를 쳐서 주의를 끌었다. 벤치가 소란스러워지면 경기를 진행하는 선수들에게도 영향이 갔다. 지금은 이 분위기를 어떻게든 수습하는 게 무엇보다 중요했다.

다행히 그 시도는 먹혀들었다. 잠깐 멈칫하던 아스날 유스는 본래의 흐름을 되찾아 코벤트리 유스 팀을 몰아붙였고, 민혁과 벤틀리는 각각 3개의 어시스트를 기록해 차기 에이스가 될 소질이 있음을 증명해 보였다.

하지만 MOM은 저메인 페넌트였다. 무려 4개의 골과 1개의 어시를 기록한 것이다.

그 결과, 아스날은 7 대 1이란 스코어로 FA 유스 컵 우승을 차지했다. 압도적인 경기력이었다.

하지만 코치진의 표정이 심각해, 그 누구도 기뻐하는 표정을 지을 수 없었다.

*　　　*　　　*

보스로이드와 아스날의 관계는 회복이 불가능한 상태로 치달았다. 그는 자신이 아스날에 돌아가길 원한다면 저메인 페넌트를 팔아버리라는 말까지 꺼냈다. 하지만 아스날에선 저메인 페넌트를 1군 후보로 보고 있었고, 제이 보스로이드는 2군의 주력으로 보고 있었다.

다시 말해, 제이 보스로이드보다는 저메인 페넌트가 중요하단 뜻이었다.

"1군에서 경기도 뛰다 온 놈을 이길 거라고 생각한 게 병신이지."

민혁은 냉정히 말했다. 어차피 둘 다 싫어하는 놈들이라 말이 곱게 나오지는 않았다.

저메인 페넌트는 얼마 전 1군에 데뷔해 아스날 최연소 1군 데뷔라는 기록을 남겼다. 올라간 기록은 16세 319일로, 워딩턴 컵 미들즈브러전을 통해 만들어진 성과였다.

"넌 언제 올라간대?"

"피지컬 해결되면."

민혁은 저스틴의 말에 답하며 한숨을 쉬었다. 그렇게 밥도 잘 먹고 운동도 잘했는데 피지컬은 별로 좋아지지 않았다. 그래도 회귀하기 전보다 3㎝ 정도 크긴 했지만, 위너의 길은 멀고도 멀어 보였다.

'이번엔 위너 한번 되어보나 했더니.'

민혁은 투덜댔다. 이 추세라면 180cm 달성이 간당간당할 느낌이었다.

보스로이드는 훈련장에도 나오지 않았다. 시간을 내어 그를 미행해 본 모아시르의 말에 따르면 따로 접촉하고 있는 팀이 있는 것 같았다. 자세한 이야기는 듣지 못했지만, 아무래도 1군 주전 자리를 제의받은 모양이란 설명이 뒤따랐다.

잠깐 그 부분을 생각하던 민혁은 어깨를 으쓱했다. 보스로이드야 어떻게 되건 자신이 고민할 문제는 아니었다.

집으로 돌아온 민혁은 샤워를 끝내고 침대에 누웠다. 그래도 주급이 좀 높아지긴 했지만 런던의 집값이 살인적이라 아직도 원룸 형태의 아파트에 머물고 있었다. 현지인들은 질색을 하는 주거 형태였지만, 회귀 전 이보다 열악한 환경에서 생활했던 민혁으로서는 만족스러운 집이었다.

"윤! 있어?"

"초인종 놔두고 왜 소리를 쳐요?"

민혁은 침대에서 일어나 문을 열며 말했고, 안으로 들어온 모아시르는 품속에서 편지를 꺼냈다. 에이전트 업무로 찾아온 모양이었다.

"윤, 이거 받아."

"뭔데요?"

"맨유에서 또 왔네."

민혁은 말했다.

“갖다 버려요.”

*　　*　　*

1999—2000 시즌도 끝을 맺었다.

아스날은 리그 2위에 FA 컵과 워딩턴 컵 4라운드 진출이란 성적을 거뒀다. 챔피언스리그는 조별 예선에서 탈락해 UEFA 컵으로 떨어져 버렸고, 거기서도 결승전 패배로 준우승에 머무르고 말았다. 발칸의 마라도나 게오르게 하지가 이끄는 갈라타사이에게 충격 패를 당한 까닭이었다.

결과적으로 얻은 것은 채리티 실드뿐.

경쟁자인 맨유가 리그 1위에 챔피언스리그 4강에 올라간 걸 생각하면 실패한 시즌이라 봐도 무리가 아니었다.

하지만 민혁은 걱정을 하지 않았다. 이번 이적 시장에 들어올 선수들의 면면을 잘 알기 때문이었다.

이번 시즌에 들어올 선수들 중엔 무패 우승 멤버가 셋이나 됐다. 주전이 둘이고 백업이 하나였다.

무패 우승의 주전 멤버로 기록될 ‘달타냥’ 로베르 피레스와 로렌으로 불리는 로레아노 비산 에타메 메이에르. 그리고 앙리와 베르캄프의 백업 멤버로 뛰면서 무패 우승에 공헌할 실뱅 윌토르가 영입되는 시즌이었다.

아마도, 2000-01의 아스날은 97-98 시즌에 이어 두 번째 더블을 기록하리라.

'내가 특별히 끼어든 것도 없으니 그렇게 되겠지.'

민혁은 어깨를 으쓱했다. 자신이 직접적으로 끼어들어서 분기점을 만든 일이 아니면 대부분 회귀 전의 역사와 동일하게 흘러갔음을 생각해 보면, 분명 다음 시즌의 아스날은 맨유를 꺾고 더블을 기록할 터였다.

그는 고개를 끄덕인 후 유스 팀 경기장을 바라보았다.

아스날 유스에도 큼지막한 변화가 있었다. 코치진과의 불화를 수습하지 못한 보스로이드가 1백만 파운드의 이적료로 코벤트리 시티로 이적한 것이다.

그 자리의 대체자는 제롬 토마스였다.

1군 팀도 아닌 유스 팀에서 대체자를 영입할 까닭은 없었고, 덕분에 얼마 전까지만 해도 4순위 공격수였던 제롬이 그 자리를 메웠다. 그보다 살짝 앞서 있던 존 스파이서가 연습경기의 부진으로 인해 밀려난 덕분이었다.

"자, 자. 오늘 훈련은 여기까지다."

"수고하셨습니다!"

돈 호우는 손을 들어 대답을 대신한 후 자리를 떠났다.

아스날 유스 팀 선수들도 제각기 모여 떠들며 훈련장을 나갔다. 가장 많이 들려온 이야기는 역시 여자와 관련된 이야기였고, 그다음으로 들려오는 이야기는 스타크래프트 브루드워

발매와 관련된 이야기였다. 스타크래프트의 인기가 한국만 못한 영국이라도 아예 관심을 끌지 못한 건 아니었던 모양이었다.

'잠깐. 지금이 2000년이지?'

민혁은 문득 떠오른 기억에 발을 멈췄다. 이 무렵 아스날에서 훈련하고 있을 유망주가 떠오른 탓이었다.

그러고 보니 지금 서 있는 곳은 아스날의 아카데미인 'Hale end Academy' 근처였다. 한 번쯤 들러봐도 괜찮을 느낌이었다.

훈련장을 떠난 민혁은 'Hale end Academy' 앞에서 멈췄다. 아주 잠깐 있었던 곳이지만 왠지 익숙하게 느껴졌다. 하기야 지나면서 몇 번이나 봤으니 그런 느낌이 드는 게 당연한 일일지도 몰랐다.

그는 문을 밀고 안으로 들어갔다. 외부인을 제지하려던 경비는 민혁의 얼굴을 보고는 행동을 멈췄다. 아스날 관련자들 사이에선 나름 유명인이라 신분증을 제시할 필요가 없던 덕분이었다.

민혁은 주변을 둘러보다 한쪽으로 향했다. 8살 정도 되어 보이는 아이에게 트래핑을 선보이던 필 버트가 있는 방향이었다.

"코치님."

"응? 여긴 뭐 하러 왔어?"

"그냥 좀 생각난 게 있어서요."

필 버트는 고개를 갸웃거렸다. 18세 팀에 올라간 선수가 아카데미까지 올 이유가 떠오르지 않아서였다.

"뭔데? 개빈도 지금 16세 팀이잖아."

그가 말한 개빈은 저스틴 호이트의 동생이었다. 저스틴 못지않은 잠재력을 가진 유망주로 평가받고 있었지만, 1군 입성을 하지 못하고 아스날을 떠나게 되는 비운의 선수였다.

"걔 보러 온 거 아니에요."

"그럼?"

대답 대신 주변을 둘러보던 민혁은 어색한 동작으로 공을 쳐내는 통통한 골키퍼를 보며 물었다.

"재가 해리 케인이죠?"

"알아?"

"네."

민혁은 신기하다는 표정으로 케인을 보았다. 정말 저 축구를 못하게 생긴 통통한 꼬마가 프리미어리그 득점왕에 오르는 걸까 하는 느낌이었다.

"어떻게?"

"그냥요."

"그냥?"

"아무튼 중요한 건 그게 아니고……."

민혁은 다시 굴러온 공을 놓쳐 버리는 케인을 보고는 이마를 짚었다.

저러니 아카데미에서 방출이나 당하지.

"걔 골키퍼 시키면 제대로 못 커요."

"뭐?"

"골키퍼 시키지 말고 공격수 시키라고요. 앨런 시어러 못지 않은 공격수로 성장할 거니까."

"뜬금없이 그게 무슨 소리야?"

필 버트는 이해할 수 없다는 표정을 지었다. 저 통통한 꼬마와 시어러를 도저히 연결할 수 없던 까닭이었다.

"걔 달리기도 제대로 못 해."

"살 빠지면 잘할 거예요."

"아니, 그게……."

"어차피 방출 예정자잖아요. 속는 셈 치고 2년 정도만 포워드로 훈련시켜 보시죠?"

"그건 또 어떻게 알았어?"

필 버트는 눈만 깜박였다. 도대체 어디서 정보가 샜단 말인가.

민혁은 당황하는 그를 두고 아카데미를 떠났다.

'내년에 윌셔도 들어오던가……'

잭 윌셔는 2001년 여름에 아스날에 입단할 터였다. 아직 루턴 타운 FC에 있다는 뜻이었다.

"윌셔는 몸 상태 체크만 계속 시키면 되겠지."

웨인 루니 이후 최고의 잉글랜드 유망주라던 잭 윌셔는 유리 몸이 되어 성장이 둔화되었다. 하그리브스나 디아비처럼 생성 선수니 전설의 포켓몬이니 하는 소리를 들을 정도까진 아니었지만, 세계 최고의 미드필더진인 사비와 이니에스타, 그리고 부스케츠를 상대로 싸워 우세승을 거뒀던 시절만큼의 활약도 제대로 보여주지 못했다. 컨디션이 올라올 만하면 부상을 당한 게 원인이었다.

하지만 그건 아스날의 책임도 있었다. 선수층이 얇은 아스날과 잉글랜드 대표 팀이 어린 윌셔를 혹사시킨 까닭에 유리 몸이 되었기 때문이었다.

성인 팀에 올라온 후 무리한 출장을 하지만 않았어도 유리 몸이 되지는 않았을 터…….

그 기억을 떠올린 민혁은 새삼 자신의 상태를 점검해 보았다. 어쩌면 자신도 유리 몸으로 전락할지 모른다는 불안이 들어서였다.

다행히 민혁의 상태는 나쁘지 않았다.

지금의 아스날 1군 멤버는 화려했다. 유망주인 민혁을 불러 혹사시킬 이유가 없다는 뜻이었다.

거기에 대한민국 국가대표엔 제대로 거론조차 되지 않았고, 청소년대표팀도 축협 내부의 사정으로 인해 좀처럼 민혁을 부르지 않았다. 최소한 혹사당할 걱정은 없다는 이야기였다.

그런 생각을 하며 1군 훈련장 옆을 지나던 민혁은 익숙한 목소리를 들을 수 있었다.

"어이! 거기 건방진 꼬맹이!"

"…아직도 꼬맹이예요?"

"와서 공이나 좀 받아!"

민혁은 한숨을 쉬며 그쪽으로 향했다. 다른 사람도 아닌 비에이라가 부르는데 가지 않을 수는 없었다.

"훈련 중 아니에요?"

"끝났어."

비에이라는 민혁의 질문에 답한 후 공을 툭 찼다.

그가 찬 공은 민혁의 가슴을 터치하고 바닥으로 떨어졌다. 그러자마자 비에이라의 왼발이 떨어지는 공을 노리고 움직였고, 민혁은 재빨리 몸을 돌리며 왼쪽 무릎으로 공을 툭 차올려 비에이라의 머리를 훌쩍 넘겼다.

비에이라는 혀를 내둘렀다. 정말 베르캄프 못지않은 컨트롤이었다.

"너 빨리 1군 와라."

"피지컬이 안 된대요."

"벌크 업 좀 해."

민혁은 어깨만 으쓱했다. 나름 열심히 훈련을 하고 있는데도 안 되는 걸 어쩌란 말인가.

그때, 멀리서 다가온 선수가 입을 열었다. 토니 아담스였다.

"뭐야. 소식 못 들었는데 올라온 거야?"

"아니에요."

민혁은 쓴웃음을 문 채 아담스를 보고는 비에이라에게 들려준 말을 똑같이 꺼냈다. 피지컬이 안 돼서 1군에 못 올라간다는 내용이었다.

아담스는 민혁을 위아래로 훑어보고는 입을 열었다.

"하체는 괜찮은 것 같은데… 확실히 상체는 좀 부실하네."

"그렇죠?"

"그래도 너무 키우려고 하지 마. 속도 떨어져."

민혁은 웃었다. 원래부터 그렇게 할 생각이었다. 아무리 벌크 업이 필요하다지만, 그래도 윗포드 유스로 뛰는 아킨펜와처럼 몸을 키울 생각은 없었다.

"그건 제가 알아서 할게요."

"그래. 열심히 해라. 너랑 내가 같이 뛰는 일은 없겠지만 말야."

"그렇겠네요."

민혁은 고개를 끄덕이며 말했다. 토니 아담스는 2002년에 은퇴할 터였고, 그때의 아스날 1군은 만 18세도 되지 않은 자신이 올라가기엔 너무도 강력한 스쿼드를 가지고 있었다.

운이 좋다면 워딩턴 컵 정도는 올라갈 수 있을지도 모르겠지만, 그래도 토니 아담스와 함께 뛸 수 있을 것 같지는 않았다. 벵거라면 노장인 토니 아담스보다는 유망주들에게 기회를 줄 게 뻔하니 말이다.

"그럼 다음에… 아, 맞다."

"네?"

막 몸을 돌리려던 토니 아담스는 민혁에게 물었다.

"한국에서 편지가 왔던데, 확인해 봤어?"

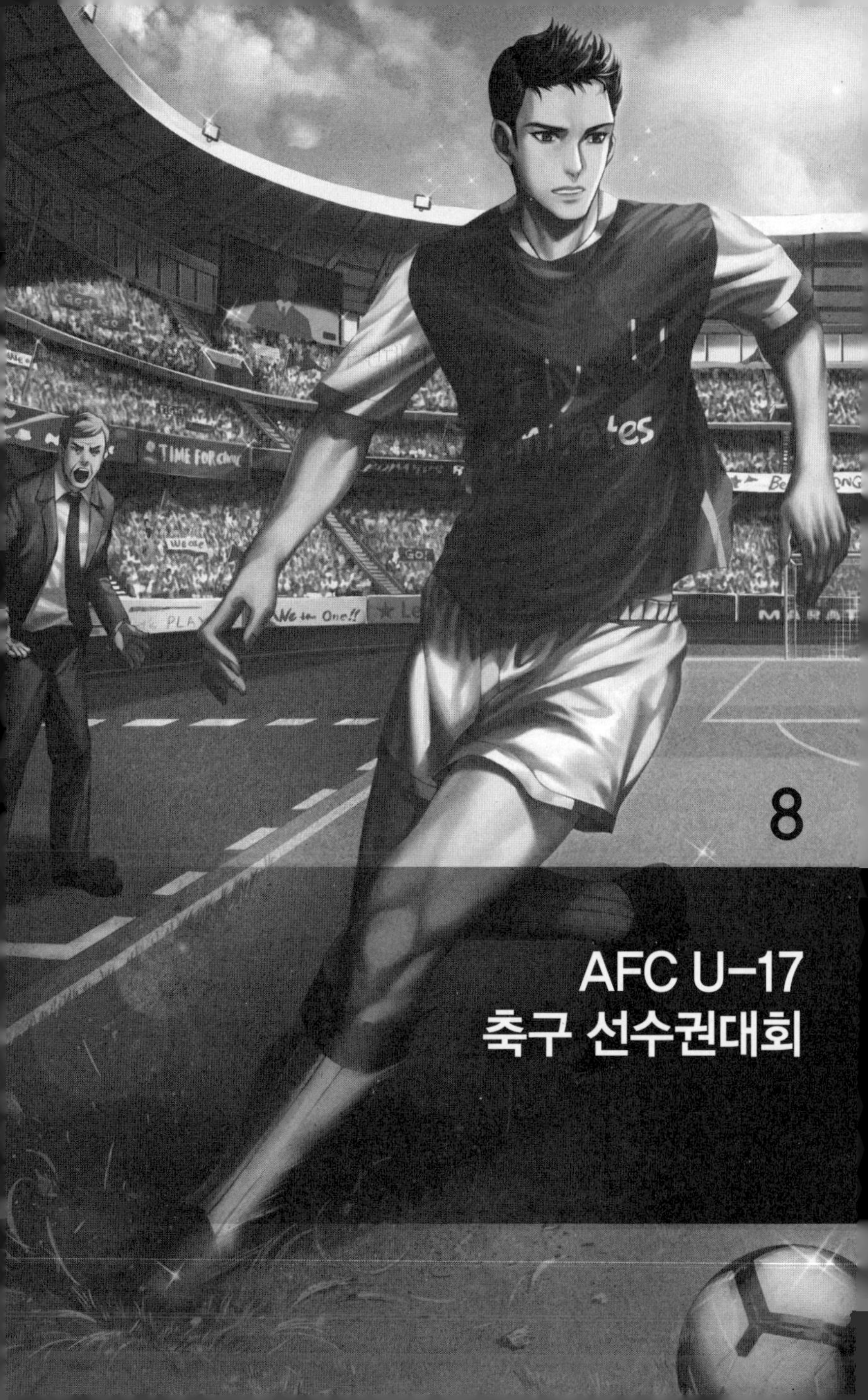

8

AFC U-17 축구 선수권대회

한국에서 온 편지엔 뜻밖의 이야기가 담겨 있었다. 베트남에서 열리는 AFC U-17 축구 선수권대회의 선수로 발탁되었으니 합류를 하라는 내용이었다.

소집엔 약간의 진통이 있었다. FIFA 규정에 따르면 청소년 대표 소집은 대회 14일 전이 되어야 가능했다. 하지만 대한민국 축구협회는 대회 30일 전 소집이라는 규정을 세워놓고 있었는데, 이는 축구협회의 영향력이 닿은 곳엔 통해도 아스날엔 통할 리 없는 이야기였다.

그러나 축구협회는 강경하게 나왔다. 규정이고 나발이고 30일 전에 오지 않으면 대표 선발도 없다는 통첩을 보낸 것이다.

어이가 없어진 민혁은 불참을 선언하려 했지만, 코치진을 통해 이야기를 들은 벵거는 축구협회의 공문을 보고는 그들이 요구하는 바를 들어주었다. 민혁이 대한민국 축구협회에 찍히면 향후에 좋지 않을 수도 있다는 게 이유였다.

"이러면 점점 버릇 나빠질 텐데."

민혁은 하남 미사리 훈련장 앞에서 한숨을 쉬었다. 축구협회와 사이가 나빠지는 것도 꺼릴 만한 일이긴 했으나, 그렇다고 이렇게 마냥 숙이는 모습을 보여주는 것도 좋지 않았다.

물론 민혁 자신이야 힘없는 유망주에 불과하니 뻗댈 수 없지만, 아스날이라면 이야기가 달랐다.

그래서 아스날 이름을 빌어서 만만치 않은 선수란 인식을 주려고 했는데…….

"하아……."

민혁은 한숨을 내쉬며 고개를 저었다. 그래도 벵거가 자신을 생각해서 보내준 건데 불평을 할 수는 없는 일이다.

그가 그러고 있을 때, 누군가의 목소리가 흘러들었다.

"여, 축구 천재!"

"……."

고개를 돌린 민혁의 눈에 카메라를 든 사람이 들어왔다. 한영 일보의 최주평 기자였다.

"안녕하세요."

"오랜만이다."

민혁은 그에게 다가갔다. 마침 궁금하던 게 있던 차였다.

"궁금한 게 있는데요."

"응? 뭔데?"

"왜 제가 소집된 거예요? 원래 내정자들 있었잖아요."

"아… 그거?"

최주평은 담배를 꺼내 물며 피식 웃었다. 몇 번을 생각해도 한심한 이야기였다.

"근데 내정자 있었다는 건 어떻게 알았어?"

"성일이 아저씨가 말해주던데요?"

"야. 성일이랑 너랑 열세 살밖에 차이 안 나."

"그럼 훌륭한 아저씨죠."

최주평은 탄식했다. 그럼 열네 살 차이가 나는 자신은 뭐란 말인가.

"왜요?"

"아니다."

탄식을 끝낸 그는 민혁의 질문에 답을 주었다.

"내정자를 못 민 이유야 간단하지. 그 사람 라인에 있던 감독 하나가 물의를 일으켰거든."

"네?"

"선수 부모한테 돈 받고 대학에 찔러 준 게 걸려서 윗선까지 불똥이 튀었어. 그래서 실적이 필요하게 된 거지."

자기 휘하의 선수들을 키우려고 민혁을 방해했던 축구협회 간부는 자기 라인을 탄 감독이 안 좋은 일로 매스컴을 타면서 입지가 위태롭게 변했다.

단순히 감독의 물의였다면 별다른 타격이 없었겠지만, 그 간부도 물의를 일으킨 감독에게 상납을 받고 있었다. 때문에 그는 발등에 불이 떨어진 것처럼 빠르게 움직여 여론을 바꿀 카드를 찾았고, 결국 '대회 성적'이라는 돌파구를 얻기 위해 민혁의 합류를 감독에게 종용했다는 내용이 최주평의 입에서 흘러나온 내용이었다.

"결국 제가 잘해봐야 비리 축구인 문제 덮어주는 거군요."

"그렇긴 하지."

"말아먹을까요?"

"그럼 너 한국에서 축구 못 할지도 몰라."

최주평은 담배 연기를 내뿜으며 말했다. 그랬다가는 축구협회가 물갈이 되지 않는 한 평생 미운털이 박힐 거란 뜻이었다.

"괜히 엉뚱한 짓 하지 마라. 튀는 짓 하다 망해 버린 애들 많이 봤어, 난."

"유럽에서 데뷔해도요?"

"그럼 이야기가 좀 다르지. 근데 그거 자신 있냐?"

"베르캄프한테 배우고 있는데 못 하면 안 되죠."

"…누구?"

"베르캄프요. 데니스 베르캄프."

최주평은 놀라 담배를 떨어뜨렸다. 지난번 인터뷰를 할 땐 듣지 못했던 이야기였다.

그를 보던 민혁은 웃으며 말했다.

"일본에 있을 땐 드라간 스토이코비치한테 배웠는데요, 뭐."

"아, 그랬지."

최주평은 오래전 보았던 KBC 휴먼 히스토리의 내용을 기억해 냈다. 그러고 보니 지금은 민혁의 에이전트를 하고 있는 모아시르가 했던 말 중에 그런 내용이 있었다.

'기삿거리 하나 얻었군.'

그는 머릿속에 베르캄프라는 단어를 새겨 넣었다. 1998년 월드컵에서 5 대 0이라는 스코어를 만들어낸 데니스 베르캄프는 호나우두와 지단에 못지않은 취급을 받고 있었다. 그런 선수가 한국인을 가르치고 있다는 기사가 특종이 되지 않을 리 없었다.

최주평은 다 타버린 담배를 버린 후 고개를 이리저리 움직였다. 그러고 보니 보여야 할 사람들이 없는 것 같았다.

"근데 부모님은?"

"동생 데리고 제주도 갔어요."

이제는 부장이 된 민혁의 아버지는 완벽한 딸 바보가 되어 있었다. 늦둥이 딸의 애교도 애교지만, 딸이 태어났을 때 병원에 있어주지 못했던 미안함이 더 큰 원인인 것 같았다.

거기에 IMF 공포로 인해 몇 년간 야근에 찌들어 있는 동안

엔 딸과 놀아준 적이 한 번도 없었으니, 여유를 되찾은 지금 딸 바보가 되는 것도 이상하지 않았다.

"애도해 줄까?"

"됐어요."

최주평은 피식 웃곤 고개를 돌렸다. 다른 선수들이 훈련센터로 들어오는 소리가 들려서였다.

"슬슬 들어가라."

"혹시 취재 따라오세요?"

"그러니까 여기 있는 거지, 인마."

민혁은 피식 웃곤 멀리 보이는 건물로 향했다. 지난번 소집에서 모였던 그곳이었다.

소집된 인원은 지난번과 구성이 좀 달랐다. 양주호의 권한이 늘어났다기보다는 민혁을 이곳으로 오게 한 사건의 여파 때문인 것 같았다.

"왔냐?"

"안녕하세요."

장준우 코치는 고개를 끄덕였다. 조금은 안도하는 기색도 보였다. 대회 결과에 따라 잘릴지 아닐지가 결정되는 입장인 그로서는 민혁이 청소년대표팀에 합류하게 되었다는 사실에 마음을 조금 놓을 수 있었다.

'그놈들 안 보는 것만 해도 어디냐.'

그는 이번에 잘려 버린 미드필더 세 명을 떠올려 보았다. 그래도 청소년대표팀에 뽑힐 만한 실력은 있는 선수들이지만 훈련 태도나 팀워크에 문제가 있었다. 아마도 든든한 뒷배가 있다는 게 그런 문제를 만든 원인이겠지만, 힘없는 감독과 코치인 양주호와 장준우는 그 세 명을 컨트롤할 방법이 없었다.

그러던 차에 상납 건이 터지고 그 셋도 대표 팀에서 자취를 감췄으니, 장준우로서는 이보다 더 좋을 수가 없었다.

"숙소에 짐 놔두고 내려와. 어딘지 알지?"

"네."

민혁은 숙소로 들어가 짐을 풀었다. 짐을 다 정리하고 침대에 누울 무렵엔 시청각실로 오라는 방송이 나왔다. 민혁은 투덜대며 일어나 방을 나왔고, 다른 선수들도 민혁과 비슷한 표정으로 터덜터덜 걸어 시청각실이 있는 본관 건물로 향했다.

본관 건물이라고 해도 특별한 건 없었다. 지금 한창 공사 계획이 잡힌 파주 트레이닝 센터가 완성된다면 세계 어디에 내어놓아도 뒤지지 않을 장비가 갖춰져 있었겠지만, 1998년에 급하게 자리를 잡은 이곳엔 고등학교 방송부나 다를 바 없는 시설만 있었다.

선수들이 다 모이자, 미리 준비하고 있던 양주호는 TV와 연결된 컴퓨터를 켜며 입을 열었다.

"다들 대충 알겠지만, 이게 대회 일정이다."

TV를 본 민혁은 생소한 국기를 발견할 수 있었다.

대회 첫 상대는 동남아시아의 소국 브루나이였다.

*　*　*

브루나이는 보르네오섬에 붙은 자그마한 나라였다. 본래는 보르네오섬은 물론 필리핀 중남부까지도 차지하고 있던 나라였지만, 제국주의가 성행하던 시절 국토의 대부분을 빼앗긴 지금은 경기도의 절반만 한 나라가 되어 있었다.

하지만 가난한 나라는 아니었다. 석유라는 지하자원을 가지고 있는 덕분이었다.

비록 그 이익의 대부분은 술탄의 소유로 넘어가지만, 그 술탄이 독재를 정당화하기 위해서인지 많은 돈을 국민에게 뿌리고 있어 국민들의 생활수준은 한국보다 살짝 높았다.

하지만 축구는 그렇지 못했다. 인구는 백만도 안 되는 데다, 그 대부분을 차지하고 있는 말레이계 주민의 피지컬은 동북아시아에서 가장 작고 가볍다는 일본인의 평균에도 미치지 못했다. 뛰어난 선수가 나오기 어렵다는 뜻이었다.

민혁은 전반만 뛰고 경기장을 빠져나왔다. 이미 스코어는 9 대 0을 기록하고 있었다. 후반전 45분이 남았음을 생각하면 가혹하단 느낌마저 생겨날 정도였다.

후반전도 대한민국의 압도적인 우세로 끝난 경기는 15 대 0이라는 스코어를 기록했다.

다음 경기인 몽골전도 다르지 않았다. 1998년이 되어서야 FIFA에 가입한 국가라 그런지 세계 축구의 흐름과는 완벽히 동떨어진 형태의 축구를 하고 있었다. 좋게 말하면 동네 축구의 업그레이드 판이었고, 냉정하게 말하면 완벽한 동네 축구를 구사하고 있다고 말해야 했다.

하기야 몽골은 그 약체인 몰디브에게 12 대 0으로 패한 적도 있었다. 그것도 청소년 대표도 아닌 성인 대표의 기록이었다. 싱할라 계통인 몰디브인과 북아시아계 인종인 몽골인의 피지컬에 차이가 큼을 생각해 보면, 몽골이 얼마나 축구를 못하는지는 어렵지 않게 짐작할 수 있었다.

대한민국 청소년대표팀과의 경기 결과도 그들의 실력을 증명하고 있었다.

스코어 13 대 0.

브루나이보다 선전했다고 말할 수도 있는 스코어였지만, 경기의 내용을 보면 몽골이 정말 운이 좋았다고 말하는 게 옳을 터였다.

"저쪽, 진짜 대표 팀 맞아요?"

민혁은 도저히 믿을 수 없다는 표정으로 물었다. 브루나이와 경기를 할 때도 이렇게 못하는 팀이 있을 수 있다니 하는 생각을 했지만, 몽골과 청소년대표팀의 경기를 보니 브루나이는 괜찮은 팀이었다는 생각마저 들었다.

심지어 민혁은 다음 경기인 중국전을 대비해 경기에 나가지도 않은 채였다. 에이스가 빠진 팀이 13 대 0이라는 스코어를 냈다는 이야기였다.

"맞아."

"혹시 가짜라던가……."

민혁은 회귀 전의 기억을 떠올려 보았다. 바레인 대표 팀이 거액을 지불해 초청한 토고 대표 팀이 사실은 가짜였음이 밝혀졌던 2015년 11월의 기억이었다.

"진짜 맞아. 이거 FIFA에서 주관하는 국제 대회라고."

"근데 너무 못하잖아요. 거의 중학교 축구부 수준인데요?"

"초등학교 우승 팀도 저것보단 잘할 것 같은데?"

"그러니까요."

양주호는 민혁과 장준우의 이야기를 듣고 둘을 보며 입을 열었다.

"한국도 처음엔 저랬어. 헝가리한테 9 대 0으로 깨지고, 터키한테도 7 대 0으로 깨졌거든."

"1954년이죠?"

"알아?"

"서독 월드컵이잖아요. 서독이 편파 판정에 약물 사용으로 헝가리한테서 우승을 도둑질했던."

양주호는 고개를 갸웃했다.

"편파 판정은 맞는데 약물은 무슨 얘기야?"

"거기 약물도 썼어요. 암페타민 계열이던가?"

"그래?"

민혁은 고개를 끄덕였다. 2000년대 중반이 들어서야 확인되는 이야기지만 지금도 유럽에선 간간이 나도는 이야기라 말해도 딱히 문제가 될 만한 내용은 아니었다.

얼마 후 경기 종료를 알리는 휘슬이 울렸다. 상대 팀 감독과 악수를 마친 양주호는 선수들을 데리고 경기장을 나왔다. 다음 경기 상대인 중국의 경기 결과를 알아볼 생각이었다.

양주호의 요청을 받고 협회에 전화를 걸었던 장준우는 당황한 표정으로 입을 열었다.

"네? 몇 대 몇이라고요?"

* * *

청소년대표팀의 분위기는 좋지 않았다. 브루나이와 몽골을 상대로 대승을 거뒀지만, 본선 진출을 두고 경쟁을 하는 중국이 그 두 국가를 상대로 더 큰 승리를 거뒀기 때문이었다.

"중국이랑 브루나이는 12 대 0이고, 중국이랑 몽골은 19 대 0이랍니다."

"무슨 접대 축구라도 했답니까?"

양주호는 혀를 내둘렀다. 하기야 한국도 브루나이를 15 대 0으로 이기고 몽골을 13 대 0으로 이겼으니 그런 말을 하는 게 적절하진 않았지만, 그래도 중국이 그 두 국가를 상대로 한국 이상의 성과를 거뒀다는 건 이해할 수 없었다.

“이러다 중국하고 비기기라도 하면 망하는 건데.”

“설마요.”

“아시잖습니까. 중국 놈들 연령제한 밥 먹듯 어기는 거.”

피식 웃던 장준우도 그 말을 듣고는 표정을 굳혔다. 하기야 한국도 1980년대까지는 연령을 속여서 나가는 일도 종종 있었다. 중국이라면 더하면 더했지 못할 리 없는 것이다.

“호적으로만 17살 이하인 놈들도 있을 거고 말이죠.”

“…그렇죠.”

양주호는 한숨을 쉬며 입을 열었다.

“실질적으로는 성인 팀을 상대하는 거나 마찬가지니까, 거기 맞춰서 전술을 구상해 봅시다.”

“그래야겠네요.”

장준우를 비롯한 코치진은 고개를 끄덕이며 전략을 논의했다. 피지컬의 열세를 감안해 직접적인 몸싸움을 피할 수 있는 방안을 마련할 생각이었다.

경기 당일, 선수들은 코치진이 느꼈던 위기감을 그대로 느꼈다.

“저게 어딜 봐서 17세 이하야.”

민혁은 어이가 없다는 표정을 지었다.

‘장 평’인가 뭔가 하는 선수는 아무리 봐도 30대가 넘어 보였다. 정말 17세 이하로 보이는 선수는 고작해야 절반이 될까 말까 한 수준이었다. 아무리 중국이라지만 너무하다 싶은 심정이었다.

"이래서 X—Ray로 성장판 검사를 해야 된다니까."

민혁은 대회 주최 측인 AFC의 무능함을 탓하며 고개를 저었다. 어쨌거나 경기는 이미 성립되었고, 그렇다면 저 17세로 위장한 아저씨들과의 대결에서 이겨야 했다.

말레이시아 출신의 심판들은 양 팀을 한 번씩 보고는 서로를 보며 중얼거렸다. 말레이어(語)를 알지 못하는 선수들로서는 그 내용을 전혀 짐작할 수 없었다.

그로부터 얼마 후.

심판의 휘슬과 함께 경기가 시작되었다.

* * *

"악!"

청소년대표팀 윙백 김정수의 입에서 비명이 터졌다. 중국 11번 공격수의 태클이 발목을 노리고 들어갔기 때문이었다.

그 지저분한 태클은 몇 년 전인 1994년, 대한민국의 주전 공격수의 다리를 부러뜨렸던 태클을 닮아 있었다.

다행히 부상은 생각보다 크지 않았다. 공이 쿠션 역할을 해준 덕분이었다. 하지만 그게 멀쩡하다는 이야기는 아니었는데, 다리가 부러지지는 않았지만 바닥에 부딪힐 때 생긴 충격이 컸는지 좀처럼 일어나지 못하고 있었다.

휘슬을 분 심판은 경기를 중단시키고 의료진을 들여보냈다. 민혁은 빠르게 심판에게 다가갔고, 그가 뭐라고 말하기도 전에 입을 열어 질문을 던졌다.

"노 카드?"

심판은 고개를 끄덕였다. 민혁으로서는 도저히 납득할 수 없는 일이었지만, 지금 심판과 싸워서 좋을 게 없다는 것도 알고 있었다.

이 경기는 이겨야만 하는 경기였다. 지거나 비긴다면 대회 본선 진출이 불가능하기 때문이었다.

"뭐래?"

"카드 아니래."

"미친."

대표 팀 선수들은 흥분해 심판에게 다가갔다. 민혁은 재빨리 그들의 앞을 막고는 심판에게 지나가란 제스처를 보였다. 민혁에게 가로막힌 선수들은 뭐 하는 거냐는 표정으로 민혁을 보았고, 민혁은 한숨을 내쉰 후 그들에게 말했다.

"심판한테 항의해 봐야 카드밖에 못 받아."

"편파 판정이잖아."

"그러니까 더 항의하지 말아야지. 밉보이면 몸싸움만 해도 퇴장당할걸."

선수들의 얼굴이 구겨졌다. 민혁의 말엔 틀린 부분이 없었다.

"실력으로 누르자, 실력으로."

민혁은 흥분을 누른 선수들을 돌려보내고는 라인 밖에서 무릎을 매만지는 김정수를 보았다. 다행히 경기에 뛸 수는 있을 것 같았다.

경기가 재개된 지 5분 후. 민혁은 경기 첫 번째 골을 기록했다. 30m 단독 질주에 이은 환상적인 골이었다. 돌파하는 과정에서 수비수 세 명이 달라붙긴 했지만, 아스날 1군에 들어가도 손색이 없을 만한 기술을 가진 민혁을 막기엔 역부족이었다.

골을 먹은 중국 선수들은 입을 쩍 벌리고 민혁을 보았고, 중국 감독은 민혁에게 두 명의 마커를 붙였다. 하나같이 피지컬이 엄청난 선수들이었다. 민혁에게 기술을 사용할 기회를 주지 않겠다는 의도가 명백히 보이는 대응이었다.

민혁이 그들에게 막혀 움직이지 못하는 사이, 중국은 프로레슬링을 방불케 하는 허슬플레이로 골을 넣었다. 전반 종료 11분 전에 날아온 코너킥을 수비수 왕린펑이 밀어 넣어 기록한 득점이었다.

그 골이 들어갈 때, 한국 수비 두 명은 바닥에서 신음을 흘리고 있었다. 달려든 중국 선수들이 손으로 아예 떠밀어 버린 까닭이었다.

거칠기로 유명한 프리미어리그에서도 반칙이 당연한 플레이였지만, 심판은 그쪽을 힐끗 보고 그냥 넘겼다. 골이 들어간 상황에서 반칙을 선언하기가 부담되는 건지, 아니면 다른 이유 때문인지는 모를 일이었다.

"아, 진짜!"

김정수는 폭발해 심판에게 달려갔다. 자신에게 들어온 반칙도 카드가 없고 이번 반칙도 카드가 없다는 걸 도저히 참을 수 없었기 때문이었다.

하지만 아무런 소용도 없었다.

항의하던 김정수는 카드를 받았다. 심판의 권위에 도전하는 행위라는 명목이었다.

"소용없다니까."

"심판 새끼들 왜 저래? 돈 처먹었나?"

"화교겠지."

민혁은 어깨를 으쓱하며 말했다.

말레이시아엔 화교들이 많이 살았다. 대부분의 화교들은 중국이나 대만 국적을 소지하고 있었지만 필요에 의해 말레이시아 국적을 획득한 화교도 많았다. 그중 하나라면 말레이시아 국적의 심판으로 대회에 참가하는 것도 충분히 가능했고, 중국의 편을 드는 것도 이상하지 않았다.

"어차피 뭐라고 해도 안 들을 거니까 신경 쓰지 말고 플레이에 전념해."

"넌 억울하지도 않냐?"

"그러니까 이겨야지."

민혁은 짧게 답하곤 자리로 돌아갔다. 그러자 민혁을 마크하던 두 명의 수비가 다시 달라붙었고, 결국 민혁은 전반이 끝나도록 아무것도 하지 못했다.

후반이 시작되자 중국 측은 선수를 교체했다. 전반에 골을 못 넣은 선수에 대한 질책성 교체였다.

교체로 들어간 중국 측 선수는 후반 시작 8분 만에 한 골을 추가했다. 이번에도 세트피스에 이어진 득점이었다.

"…설마 이렇게 탈락하는 건 아니겠죠?"

장준우는 당황한 얼굴로 양주호를 보았다. 어떻게든 분위기를 바꾸지 않으면 이대로 끝이었다. 분위기에 쉽게 휘말리는 17세 이하 청소년대표팀이 반전을 맞이하려면 특단의 대책이 필요하단 생각이었다.

"조금만 더 보죠. 아직 30분이나 남았으니까요."

"좀 위험해 보이는데요."

"일단 준섭이랑 현우 예열시키세요. 10분 동안 상황 보고 결정할 테니까."

지시를 받은 장준우는 두 명의 선수를 준비시켰다. 윙어 박준섭과 미드필더 김현우였다.

그러는 동안에도 경기는 좋지 않게 흘러갔다. 아무리 봐도 나이를 속인 것 같은 중국 팀이 피지컬을 앞세워 우위를 점하고 있었다. 그나마 대응이 되는 민혁은 중국 팀에서 가장 피지컬이 좋은 두 명에게 포위되어 공조차 받지 못하고 있었고, 다른 선수들도 몸싸움 몇 번에 지쳐 숨을 헉헉대고 있었다.

미간을 좁히며 상황을 보던 양주호가 교체를 지시했다. 윙어 박준섭의 투입이었다.

하지만 상황은 좀처럼 좋아지지 않았다. 피지컬의 우열이 너무도 극명한 데다 그 피지컬의 격차를 극복할 만한 기술을 가진 선수도 몇 명 없었다. 그나마 교체 투입된 박준석의 체력과 속도에 희망을 걸 수밖에 없는 상황이었다.

양주호는 초조한 심정으로 경기장을 보았다. 어찌나 초조한지 손톱이 남아나지 않을 지경이었다.

다행히 박준섭은 제 역할을 제대로 해냈다.

박준섭은 풀백이 밀어준 공을 받아 라인을 타고 달렸다. 교체로 들어와 체력이 충분했던 그는 중국의 방해를 속도로 이기고 깊숙이 침투해 크로스를 날렸다. 침투해 들어오기엔 수비수가 워낙 많았기 때문이었다.

민혁을 마크하던 수비수는 공이 근처로 날아오자 반사적으로 점프를 시도해 공을 쳐냈다.

전담마크를 하던 수비수 한 명이 자리를 비워 공간이 생기자, 민혁은 드러난 공간으로 뛰어 압박을 벗어났다. 그제야 실수를 깨달은 수비수들이 민혁을 따라 달렸지만 민혁은 이미 그들에게서 한참 떨어져 있었고, 마침 공을 잡은 동료는 민혁이 있는 왼쪽 구석으로 패스를 밀어 넣었다.

공을 받은 민혁은 달려오는 수비수들을 보면서도 페널티박스 안으로 들어갔다. 처음부터 포위된 상태라면 모를까, 순차

적으로 맞이하는 수비수 정도는 어렵지 않게 빠져나갈 자신이 있었다.

"팅샤라이!(停下來: 막아!)."

중국 골키퍼의 입에서 고함이 터졌다. 수비수들을 독려하는 외침이었다.

하지만 그 외침은 아무 소용도 없었다.

민혁은 라 크로케타로 두 명의 수비수 사이를 뚫고 앞으로 달렸다. 당연히 공을 돌릴 거라고 생각하던 중국 수비들은 멍청한 표정으로 고개만 움직였고, 페널티박스에 들어선 민혁은 골라인 바로 앞까지 달린 후 뒤쪽으로 공을 밀었다. 완벽한 기회를 만드는 컷 백(Cut Back)이었다.

청소년대표팀 공격수 민정후의 발이 공을 때렸다. 민혁에게 집중되어 있던 중국의 수비수와 키퍼는 그 슛에 아무 대응도 하지 못했다.

골망이 출렁이고, 스코어는 다시 동점이 되었다.

중국 선수들은 허탈한 표정을 지으며 민혁을 보았다. 그 짧은 순간을 포착해 기회를 만들고 어시스트까지 기록하는 건 그들이 상상할 수 있는 범위 바깥의 일이었다. 게다가 그 과정도 유럽이나 남미에서나 가능할 법한 개인기가 포함되어 있었기에, 그들의 머릿속에는 도저히 이길 수 없겠다는 생각마저 스며들었다.

"피앤쥬(騙局: 사기다)……."

중국의 기세는 완전히 꺾였다. 방금 본 모습이 역습에 대한 공포를 불어넣은 탓이었다.

하지만 이제 겨우 동점이었다. 반드시 이겨야 본선에 진출할 수 있는 한국으로서는 마음을 놓을 상황이 아니었다.

중국은 철저한 수비로 들어갔다. 민혁을 마크하던 두 명도 페널티박스 안으로 들어가 우주 방어를 시도할 정도였다.

비겨도 본선에 진출하는 그들로서는 이 상황을 유지하기만 해도 손해 볼 게 없었다. 더군다나 민혁의 플레이를 본 후라 역습에 대한 위기감도 잔뜩 차올라, 그들은 페널티박스 부근에 머물며 공을 뻥뻥 걷어낼 뿐이었다.

한국은 의도치 않은 지공을 이어갔다. 간간이 공격권을 잃을 뻔한 순간도 있었지만 오래가진 않았다. 중국은 정교한 공격을 하기보다는 빠른 역습과 슈팅을 시도했는데, 그 공격의 대부분이 엉뚱한 곳으로 날아갔기 때문이었다.

그러던 중 한국에게 기회가 왔다. 중국의 거친 플레이에 이를 갈던 김정수가 보복성 태클로 공을 따낸 것이 반칙으로 선언되지 않았고, 그 공을 이어받은 박준섭이 전방에 있는 민혁을 보고 롱패스를 시도한 것이다.

민혁은 패스를 받자마자 원터치로 슛을 날렸다. 골문 구석을 노리고 감아 찬 아웃프런트킥이었다.

한국의 진출이 확정되는 순간이었다.

*　　*　　*

2000년 AFC U–17 축구 선수권대회 본선은 베트남 다낭에서 열렸다.

다낭은 베트남에서 가장 정비가 잘된 직할시였다. 하노이가 아닌 이곳이 국제 대회 개최지로 선택된 것도 그런 이유 때문이란 느낌이었다. 비록 서울이나 런던 같은 곳보다는 세련된 느낌이 떨어졌지만, 베트남이라는 국가에 대한 일반적인 느낌에 비하면 감탄이 나올 정도로 발달된 기분이었다.

"오토바이 진짜 많네."

"베트남이니까."

민혁은 옆에서 들려온 말에 대충 답하며 도로를 보았다.

도로엔 차보다 오토바이가 많았다. 사실 차를 보기가 힘들 정도로 오토바이가 도로를 거의 채우고 있었다. 차에 부과되는 세금이 상당하기 때문이기도 했지만, 좁은 길이 많은 베트남에서는 오토바이를 타는 게 더 좋은 기동성을 확보할 수 있는 까닭이었다.

"자, 자. 빨리 타."

양주호는 주변을 둘러보는 선수들을 재촉했다. 민혁을 제외한 나머지 선수들은 해외로 나온 게 처음이어서인지 주변 구경에 여념이 없었다.

민혁도 베트남에 온 건 처음이지만 외국 여행 자체는 딱히 새로울 게 없었고, 때문에 다른 선수들보다는 한층 더 여유로운 모습을 보이고 있었다.

"차가 작네요."

"이것도 간신히 구한 거야."

양주호는 선수들과 스태프를 둘로 나눠 각각 두 대의 차에 태웠다. 버스라기보다는 승합차에 가까운 차량이었다.

'잠깐. 이거 하이에스 2세대잖아.'

차에 올라탄 민혁은 혀를 내둘렀다.

하이에스는 도요타에서 나온 복합 차량 모델이었고, 지금 민혁이 탄 것은 1985년에 단종된 15인승 승합차였다. 민혁이 일본에 있을 때도 거의 보지 못했던 차량이란 뜻이었다.

"이거 안전해요?"

"몰라, 왜?"

"이거 일본에서 단종된 지 15년 지난 차예요."

"…괜찮겠지. 어차피 이거 아니면 탈 차도 없어."

양주호는 어깨를 으쓱하며 말했다. 오토바이 천국인 베트남에서는 이런 차를 구하기도 쉽지 않았다. 돈을 아끼지 않는다면 이야기는 다르겠지만, 축구협회에서 17세 이하 청소년대표팀에게 주는 돈은 정말 쥐꼬리만 했다.

"다들 구경은 나중에 하고 빨리 타! 시간 없어!"

그때까지도 주변을 두리번거리던 청소년대표팀 선수들은 움찔하며 차를 탔다.

빠진 사람이 없음을 확인한 양주호도 차에 올랐다. 그러자 통역으로 마중 나온 현지 교민이 조수석에 올라 운전수에게 베트남어로 출발을 알렸다. 청소년대표팀이 머물 호텔까지는 20분밖에 걸리지 않는 거리였지만, 시간이 지체된다면 길이 막혀 한참이나 늦어질 터였다.

운전수가 차를 출발시키자, 눈을 감고 있던 양주호가 눈을 뜨며 말했다.

"참. 너 생일 9월이지?"

"대회 끝나면 딱 만 16살이에요."

"아, 그래?"

"왜요?"

"혹시나 해서. 너 나이 제한 넘는 거 아닌가 하고 놀랐거든."

민혁은 피식 웃고는 답했다. 2004년부터는 17세 이하 청소년 월드컵과의 연계를 고려해 16세 이하로 연령제한이 낮아지지만, 아직은 만 17세여도 대회에 출전할 수 있었다.

"대회 개막일 기준으로 17세 이하면 되는 거잖아요. 제가 1982년에 태어났어도 나올 수 있었어요."

"잠깐 착각한 거야."

양주호는 구시렁댔다. 그쪽을 보던 민혁은 피식 웃고는 생각에 잠겼다. 양주호와 나누던 대화와는 다른 내용이었다.

'잉글랜드 돌아가면 정식계약 하겠네.'

영국의 노동법은 만 16세부터 적용되었다. 다시 말해 출생 후 맞이하는 16번째 생일부터 합법적인 정규 노동자가 될 수 있단 뜻이었다.

물론 외국인 데다 EU 회원국 국민도 아닌 민혁에겐 워크 퍼밋이 필요했지만, 아직 워크 퍼밋 심사가 널널한 2000년대 초반이니 허가를 얻기는 어렵지 않았다. 몇 년 동안이나 아스날 유스로 뛰어왔다는 부분을 내세우면 별문제 없이 허락이 나올 테니까.

만약 아스날이 보증을 서주지 않는다면 불가능하겠지만, 설마하니 유스 팀 에이스를 버리겠는가.

그런 생각을 하는 사이, 청소년대표팀이 머물 숙소가 모습을 드러냈다.

호텔엔 축구장이 붙어 있었다. 호텔에 속한 축구장은 아니지만 대한민국 청소년대표팀이 훈련을 할 장소는 맞았다. 다낭 시청의 허락을 받아 대회 기간 동안은 대표 팀 전용으로 쓰게 된 까닭이었다.

"감독님! 오늘 훈련해요?"

"미쳤냐?"

양주호는 질문을 던진 선수를 한심하단 시선으로 바라보았다. 아무리 시차가 두 시간밖에 나지 않는다지만, 세 시간 이상 비행기를 타고 온 선수들을 험하게 굴릴 리 있느냐는 표정이었다.

"헛소리하지 말고 들어가서 쉬어. 장준우 코치님, 애들 숙소 번호 좀 알려주세요."

"어디 가시게요?"

"네. 가이드 만나서 경기 이야기 좀 하려고요."

양주호의 요청을 받은 장준우가 호텔의 객실 번호를 불렀다. 민혁은 숙소인 1203호로 들어가 짐을 풀고는 한참을 누워 있다 공을 가지고 밖으로 나왔다. 팀 단위의 훈련은 안 해도 몸풀기 정도는 해야 잠이 올 것 같았다.

20분 정도 몸풀기를 하고 돌아가던 민혁은 걸음을 멈췄다. 어디서 본 것 같은 사람이 눈앞에 있었다.

"어라?"

"어?"

상대방도 민혁을 알아보았다. 시간은 꽤 많이 흘렀지만, 그래도 같은 팀에서 1년을 넘게 보냈으니 알아보지 못할 까닭이 없었다.

민혁은 상대방의 성을 불렀다.

"…하라구치?"

* * *

민혁과 하라구치는 대표 팀 숙소 앞에 있는 상점에 들어가 대화를 나눴다. 오랜만이라 할 말이 없을 줄 알았는데, 막상

이야기를 꺼내고 나니 말이 술술 나왔다.

"일본어가 좀 어색해졌네?"

"영국에서 오래 살았으니까. 한국어도 억양이 조금씩 튀어."

하라구치는 고개를 끄덕였다. 자신도 도쿄로 이사 간 후 관서 방언이 어색하게 느껴지고 있는데 외국으로 나간 민혁이야 오죽하겠는가 하는 생각이었다.

"참. 대표 팀에 모리사키도 있어."

"…걔가 대표 팀이라고?"

민혁은 진심으로 놀라 버렸다. 센스가 있던 하라구치가 일본 청소년대표팀에 있는 건 그럴 법했지만, 타고난 신체 능력만으로 축구를 하던 모리사키가 올라온 건 뜻밖이었다.

"응. 기술도 꽤 좋아졌거든."

"어떻게?"

"너 영국 가고 나서 스토이코비치한테 찾아가서 바짓가랑이를 붙잡고 매달렸다더라고. 두 달 정도 그러니까 질려서 가르쳐 주기로 했대."

"너도 그러지 그랬어?"

하라구치는 어색하게 목덜미를 긁적였다. 반응을 보아하니 모리사키와 함께 매달렸던 모양이었다.

그러던 하라구치는 목에서 손을 떼며 민혁에게 물었다.

"근데 넌 어떻게 된 거야? 난 너 축구 그만둔 줄 알았어."

"뭐? 왜?"

"한국 청소년대표팀에서 안 보이니까. 그래서 부상이라도 당해서 축구 접었나 했지."

"그거야, 뭐……."

민혁은 어깨를 으쓱했다. 축협 간부 때문이라고 해봐야 대한민국 얼굴에 먹칠만 하는 꼴이었다.

"그냥. 영국에 있어서 연락이 잘 안 되기도 했고."

"아아……."

둘은 잡담을 조금 더 나누다 헤어졌다. 슬슬 해가 질 타이밍이기 때문이었다.

민혁이 호텔로 들어올 때, 장준우 코치가 다가와 물었다.

"아까 같이 있던 애 누구야?"

"네?"

"주스 파는 가게에 있었잖아."

잠깐 기억을 더듬던 민혁은 한 차례 고개를 끄덕인 후 말했다.

"일본 대표요. 예전에 같은 팀에서 뛰었던 앤데 많이 컸네요."

"대표 팀으로 나온 거면 동갑 아니야?"

"그렇긴 하죠."

민혁은 고개를 끄덕였다. 회귀 전 기억 때문에 오랜만에 만난 아이를 보는 어른의 심정으로 보게 되긴 했지만, 따지고 보면 하라구치와 자신은 동갑이었다.

"걔 잘해?"

"저보다는 못할걸요?"

"널 기준으로 물어본 게 아니잖아."

"마지막으로 본 게 거의 4년 전이니 그 정도 말고는 평가가 불가능하죠."

"아, 그래?"

"상대 선수 분석은 코치진에서 해줘야 되는 거 아니에요?"

민혁은 반문했다. 장준우는 왠지 밉살맞다는 생각을 하며 주먹을 떨었다. 하지만 다른 놈은 몰라도 민혁을 때릴 수는 없는 일이라, 그는 울컥 치솟은 생각을 밀어내었다.

'에이스만 아니었어도 그냥…….'

현 청소년대표팀에서 민혁이 차지하는 위치는 엄청났다. 아약스나 바르셀로나에서 크루이프가 차지하던 비중보다 높으면 높았지 낮진 않을 정도였다. 게다가 감독인 양주호도 민혁이라면 감싸고 도는 경향까지 있었으니, 장준우로서는 다른 선수들을 대하는 것처럼 할 수 없었다.

"됐다, 들어가서 쉬어라."

"내일 훈련 몇 시예요?"

"8시."

민혁은 8시를 되뇌며 방으로 향했다.

다음 날 시작된 훈련은 한국에 있을 때와 별로 다르지 않았다. 하지만 잔디가 달라 적응이 힘들었다. 유럽산 잔디인 벤트그래스나 페어웨이와 한국산 금잔디는 위로 길게 자라는 품종이라 쿠션의 역할을 훌륭히 수행했지만, 흔히 떡잔디라고 불리는 동남아시아 품종인 카우그래스는 늪에서 축구를 하는 듯한 느낌만 주고 있었다.

민혁은 아스날에서 들었던 말을 떠올렸다. 동남아시아 잔디는 부상 방지에 도움이 안 되니 최대한 조심하라던 딕슨의 조언이었다. 그는 중남미 떡잔디인 버뮤다그래스도 별로지만 동남아시아의 떡잔디인 카우그래스는 말 그대로 소나 뜯어 먹을 풀이라며 대차게 깠고, 그땐 그냥 웃기만 했던 민혁은 속으로 웃어서 미안하다는 생각을 하며 잔디에 익숙해지기 위해 최선을 다했다.

"다들 정리하고 이쪽으로 와."

장준우는 손뼉을 치며 선수들을 불렀다.

"경기 3일 남았다. 지금 제일 중요한 게 뭐지?"

"이기는 거요."

"그건 경기 시작하고 나서 생각할 일이고."

"그럼요?"

장준우는 감독을 바라보았다. 정답은 코치인 자신보단 감독인 양주호가 말하는 게 맞았다.

양주호는 고개를 끄덕인 후 한발 앞으로 나서며 말했다.

"제일 중요한 건 부상을 당하지 않는 거다. 다들 느꼈겠지만 여기 잔디는 질이 안 좋아. 특히 윤민혁."

"네?"

"드리블할 때 조심해라. 여기 잔디에 걸려서 넘어지거나 하면 곤란해."

민혁은 어깨를 으쓱했다. 그거야 남은 3일 동안 잔디에 적응하면 되는 문제였다.

"혹시 뭐 물어볼 사람 있나? 있으면 지금 말해."

"감독님 첫사랑 누구예요?"

"…어떤 놈이야!"

괜한 호기를 부렸던 박준섭은 구박을 받았다. 양주호는 그런 쓸데없는 소리를 할 거면 한국으로 헤엄쳐 가라는 말로 선수들을 찍어 눌렀다. 나름 깨인 감독이긴 했지만 권위주의를 완전히 탈피하지는 못한 모양이었다.

…라고 생각하던 민혁은 고개를 돌린 양주호의 표정을 보고는 생각을 바꿨다. 아무래도 말 못 할 슬픈 사연이 있는 모양이었다.

'처참하게 차였구나.'

민혁은 쓴웃음을 물었다. 그런 사연이 있다면 저렇게 격한 반응을 보이는 것도 이상하지 않았다.

잠깐 움츠러들었던 대표 팀은 장준우가 화제를 돌리기 위해 꺼낸 말로 평정을 회복했다. 양주호도 울컥했던 마음을 추스르고 선수들을 다독인 후 훈련을 재개했고, 그들은 그라운드에 대한 적응과 패스 강도 조절 위주의 훈련을 끝내고 숙소로 돌아갔다.

그리고 9월 3일.

본선 첫 번째 경기가 시작되었다.

*　　*　　*

그룹 A에 속한 한국은 일본, 베트남, 미얀마, 네팔과 조별 리그를 가졌다. 첫 경기인 네팔전은 13 대 0이라는 대승을 거뒀고 두 번째 경기인 미얀마전에서도 8 대 1이라는 대승을 거뒀다. 그다음 경기인 베트남과의 경기에선 5 대 3이라는 접전이 일어났는데, 전반이 끝날 무렵 생긴 민혁의 부상 때문이었다.

다행히 부상은 크지 않았다. 하지만 양주호 감독은 조별 리그 마지막 경기인 일본전에 민혁을 출전시키지 않았다. 이미 다음 라운드 진출이 확정된 상황에서 부상을 안고 있는 선수를 출전시킬 까닭이 없기 때문이었다.

그 결과, 대한민국 대표 팀은 4 대 1이라는 대패를 기록하고 말았다.

병원에 다녀오느라 뒤늦게 소식을 들은 민혁은 쓴웃음을 물었다. 일본이 넣은 4골 중 3골이 그램퍼스 주니어 출신의 선수들이 만들어낸 골이었다. 대한민국 청소년대표팀 소속으로서는 기분이 나빠야 할 일이었지만, 그램퍼스 주니어 출신으로서는 자랑스러워해야 할지도 모를 일이었다.

하지만 대한민국 대표 팀을 긴장시킨 건 골을 넣은 선수들이 아니었다.

양주호는 민혁을 찾아와 물었다.

"일본 골키퍼 장난 아니던데, 혹시 아는 애야?"

"이름이 뭔데요?"

"미즈시마 유스케."

"…모르겠는데요."

민혁은 고개를 저었다. 기억에 없는 이름이었다.

하지만 민혁은 미즈시마 유스케를 만난 적이 있었다.

미즈시마 유스케는 과거 민혁이 나고야 그램퍼스 주니어에서 뛸 때 만났던 아이치 FC의 골키퍼였다. 그는 본래 축구를 그만두고 평범하게 살아야 했을 사람이지만 민혁에게 느낀 경쟁심 때문에 골키퍼의 길을 계속 걸었고, 그 결과 재능이 폭발해 일본 청소년대표팀에 입성한 것이다.

그때도 민혁의 혀를 내두르게 했던 미즈시마는 일본 제일의 골키퍼가 되어 있었다. 어쩌면 유럽에서도 통할 선수일지도 몰랐다. 민혁을 제외하면 아직도 아시아 수준인 한국 대표팀이 그에게서 1골을 얻어낸 것만으로도 박수를 칠 만한 일이었다. 비록 페널티킥으로 얻어낸 득점이라고는 해도 말이다.

하지만 민혁으로서는 그런 내용을 알 리 없었다. 경기를 보지 못했기 때문이었다.

"아무튼 걔 진짜 장난 아니더라고. 골이나 다름없는 걸 세 개나 걷어냈거든.”

“그래요?”

“너 다음 경기부터는 몸조심해라. 너 없으면 절대 못 이기겠더라.”

민혁은 피식 웃고는 고개를 끄덕였다. 립 서비스일지는 몰라도 기분 나쁜 소리는 아니었다.

“그렇게 잘해요?”

“너 있어도 질지도 몰라. 거의 바르테즈 보는 느낌이었다니까.”

“…누구요?”

당황하던 민혁은 지금이 2000년임을 깨닫고는 평정을 찾았다. 한때 기름 손의 대명사이자 EPL을 대표하는 예능인으로 불렸던 바르테즈지만, 맨유에 가서 망가지기 전까지만 해도 월드 클래스 골키퍼였음이 떠올랐기 때문이다.

‘아, 맞다. 바르테즈가 1998 프랑스 월드컵 야신상 수상자였지?’

맨체스터 유나이티드 입단 전의 바르테즈는 정말 뛰어난 골키퍼였다. 챔피언스리그 최연소 우승 골키퍼라는 기록에 1998년 우승 및 야신상 수상, 그리고 유로 2000 우승 멤버라는 점을 생각해 보면 맨유에서 망한 게 이해가 되지 않을 지경이었으니까.

민혁은 잠깐 떠오른 생각을 지우곤 대회와 관련된 이야기를 꺼냈다.

"다음이 4강이죠?"

"그래, 두 번만 이기면 우승이다."

"상대는 누구예요?"

양주호는 쓴웃음을 문 채 입을 열었다.

"이란."

*　　　*　　　*

이란과의 경기는 쉽지 않았다. 기술과 피지컬 모두 한국을 상회하는 탓이었다.

이란을 포함한 중동은 아시아로 분류되지만 피지컬은 유럽인과 다르지 않았다. 하기야 이란이란 국명 자체가 유럽 인종을 뜻하는 '아리아(Aria)'에서 나온 이름이었으니, 그들이 유럽인처럼 느껴지는 것도 이상하지 않았다.

하지만 그 피지컬 격차가 절망적이라는 생각은 들지 않았다. 이미 다 큰 성인들을 위장시켜 내보낸 중국과 경기를 치른 경험 덕분이었다.

"윤민혁, 상태 어때?"

"괜찮아요."

양주호의 눈이 민혁을 훑었다. 베트남전에서 입은 부상이 가볍다고는 해도 완전히 마음을 놓을 수는 없었다. 베트남 의

료진의 진단을 과연 믿을 수 있는가 싶었기 때문이었다.

"일본전에도 안 뛰었잖아요."

"정말 괜찮은 거 맞지"

"네."

"좋아."

양주호는 장준우를 통해 대기심에게 교체를 알렸다. 후반 25분이 다 되도록 팽팽하게 진행 중인 상황을 바꾸려면 민혁의 투입 외엔 방법이 없었다.

후반 26분. 민혁이 경기장 안으로 들어갔다.

민혁은 3—4—1—2 포지선 중 1의 자리에서 공을 받았다. 대회를 치르는 중 민혁이 에이스임을 인정하게 된 동료들은 민혁에게 패스를 주는 걸 주저치 않았다. 그만큼 이란의 수비들도 민혁을 향해 집중 견제를 시도했지만, 60분 이상 경기를 뛴 그들이 방금 들어온 민혁을 막기란 쉽지 않았다.

"앞으로! 앞으로 달려!"

민혁은 공을 한 번 접어 달려드는 수비를 벗겨내고는 소리 질렀다. 1선에 있는 공격수들의 움직임이 너무 정적이었다.

이란 수비는 그렇게 단단하지 않았다. 1선의 움직임이 늘어나기만 해도 민혁과 같은 2선 멤버들이 침투해 교란할 수 있을 듯한 모습이었지만, 그간의 경기로 지쳐서인지 공격수들의 움직임이 활발하지 못했다.

민혁은 입술을 깨물며 앞으로 달렸다. 순간적으로 달라붙은 수비를 턴으로 제친 민혁은 방향을 바꿔 중앙으로 치고 달렸고, 정면에 있던 이란의 4번은 위험한 태클을 시도했다.

민혁은 양발로 공을 붙잡아 점프해 태클을 피했다. 그 직후 공을 바닥에 떨어뜨린 민혁은 왼발로 공을 툭 쳐 올려 상대방 페널티박스에 있는 동료의 머리를 겨냥한 로빙 패스를 날렸다. 공을 받아 떨어뜨려 주면 곧바로 침투해 슛을 날릴 생각이었다.

하지만 경합에서 이긴 건 이란의 수비수였다.

공은 이란의 공격수인 아라시 보르하니에게 넘어갔다. 이란의 명문인 파스 테헤란 풋볼 클럽에서 애지중지하는 유망주인 그는 1군 무대 데뷔를 앞두고 있는 선수다운 실력으로 공간을 헤집고 앞으로 달렸다. 아시아 톱클래스라 할 만한 속도와 드리블이 가미된 돌파였다.

"왼쪽! 구석으로 몰아!"

양주호는 두 손을 모아 크게 외쳤다. 지시를 들은 수비수들은 보르하니를 압박해 왼쪽으로 밀어냈다. 보르하니는 드리블을 포기하고 공을 뒤로 돌렸고, 그 공을 받은 이란의 미드필더는 온 힘을 다해 골대로 슛을 날렸다.

공은 골대를 훌쩍 넘었다.

"역습 조심해! 야! 윤민혁! 좀 더 적극적으로! 슛 뻥뻥 때리고 몸싸움 피하지 마! 김정수! 오버래핑한 후에 공 넘어가면 바로 돌아와! 너 공격수 아니야! 야! 조성훈 넌 또……."

양주호는 연거푸 소리를 높였다. 민혁의 투입 후 승기를 잡은 지금 반드시 골을 넣어야 한다는 생각이었다.

그건 민혁도 다르지 않았다. 연장으로 이어지면 여러모로 손해였다. 승부차기로 이어지면 이긴다는 보장을 할 수 없는 데다, 그게 아니라도 연장으로 가는 것 자체가 손해였다. 결승 상대에 비해 체력 소모가 많아서야 좋을 리 없는 것이다.

'윙백이 조금만 더 뛰어주면 좋은데.'

민혁의 눈이 김정수와 오범식을 향했다. 하지만 그들은 완전히 지쳐서 숨만 헐떡이고 있었다. 전력 질주 같은 건 꿈도 못 꿀 상황이었다.

"어쩔 수 없지."

민혁은 한 차례 숨을 내쉰 후 활동량을 늘렸다. 본래 많이 뛰는 것보단 효율적으로 뛰는 걸 추구하는 그였지만 지금으로서는 어쩔 도리가 없었다. 불필요한 움직임이라도 상대방을 끌어내 기회를 만드는 게 우선이기 때문이었다.

"여기!"

"압세카!(막아!)."

이란 미드필더 하나가 수비진을 향해 외쳤다. 이란의 미드필더진을 뚫어낸 민혁은 페널티박스에서 5m 떨어진 지점에 도달해 있었다. 이란 수비는 민혁을 막기 위해 다급히 달려들었고, 민혁은 측면으로 빠져 있는 공격수를 보고 패스를 넣었다.

패스를 받은 민정후가 공을 때렸다. 공은 이란 선수를 맞고 튕겨 나왔다. 그 공을 확인한 민혁은 바닥을 구르는 공을 잡아 페널티박스 안으로 들어갔고, 긴장한 이란 수비들은 그를 향해 달라붙었다.

민혁은 오른발로 공을 밟고 몸을 돌렸다. 관성을 이기지 못한 이란 수비수들은 민혁을 잡으려다 휘청하며 빈틈을 노출했다. 그걸 기다리던 민혁은 몸을 빙글 돌리며 짧은 크로스를 올렸고, 공은 다급히 손을 뻗는 이란의 골키퍼를 넘어 침투 중인 윙백 오범식의 발에 닿았다.

공은 데굴데굴 굴러 골대로 들어갔다. 잘못 맞은 탓에 위력은 없었으나, 그 덕분에 이란 수비의 블록을 피할 수 있었다.

"우와아앗!"

지쳐 쓰러질 것 같던 오범식은 갑자기 고함을 지르며 전력으로 질주해 양주호 감독을 끌어안았다. 대표 팀으로 뽑아준 것에 대한 고마움의 표현이었다.

"야, 야. 무거워."

"경기 집중해. 돌아가."

양주호와 장준우는 오범식을 경기장으로 돌려보냈다.

이란은 전력을 다해 공격에 집중했다. 중동 축구의 전형인 침대 축구와는 거리가 먼 전개였다. 이기고 있는 상황에선 조금만 부딪혀도 바닥을 뒹굴며 비명을 질러대는 이란이지만,

역시 지고 있을 땐 그럴 수 없는 모양이었다.

대한민국 청소년대표팀은 이리저리 공을 돌렸다. 간간이 역습을 시도하는 시늉만 해도 이란 선수들은 이를 악물고 뛰어야 했다. 그때마다 공을 잡고 있던 대표 팀 선수들은 뒤로 공을 돌려 이란 선수들을 허탈하게 만들었고, 그런 플레이가 이어지면서 이란의 체력은 급격히 소모되었다.

하지만 공을 돌리는 것도 쉽지만은 않았다.

이란의 압박을 받은 오범식이 공을 흘렸다. 이란의 마지막 기회였다.

이란 미드필더 자한바크시의 패스가 오른쪽을 파고드는 보르하니의 발밑에 떨어졌다. 보르하니는 두 번의 터치로 수비수를 떨쳐내며 페널티박스로 진입하자마자 슛을 날렸다. 조금 더 들어갔더라면 완벽한 찬스였겠지만, 마음이 급해서인지 기회를 완벽히 살리지는 못하는 모습이었다.

결국 골키퍼 송범준이 몸을 날려 공을 쳐냈다. 정말 아슬아슬한 선방이었다.

이란은 재빨리 코너킥을 준비했다. 반대편 골대에 있던 이란의 골키퍼까지 공격에 가담하고 있었다.

"범식아! 7번! 7번 잡아! 김정수! 11번 비었어!"

송범준은 손을 뻗어 선수들을 가리키며 소리 질렀다. 수비수들은 송범준의 주문에 맞춰 이란의 선수들을 마크했다. 그 움직임이 채 끝나기도 전에 이란의 코너킥이 이어졌고, 이란과

한국의 선수들은 몸싸움에 이은 헤딩 경합으로 공을 따내려 했다.

공은 이란 선수의 머리에 맞은 후 한국 수비를 맞고 튕겨 나갔다. 공을 향해 달린 민혁은 흐르는 공을 툭 차서 멀리 보낸 후 앞으로 뛰었다. 이란의 풀백은 죽을힘을 다해 민혁의 뒤를 쫓았고, 그와 민혁이 몸싸움을 하느라 지체된 사이 달려온 이란의 수비가 앞을 향해 공을 날렸다.

한국의 수비진은 공을 향해 달려들었다. 정교한 패스를 할 수 있는 상황이 아니었다. 지금으로서는 공을 멀리 보내는 게 최선이었다.

빵! 하는 소리와 함께 공이 날았다. 공은 이란의 골대를 넘었다. 죽을힘을 다해 달리던 이란의 골키퍼는 숨을 헐떡이면서도 넘어간 공을 향해 달려 그것을 주웠고, 이란의 다른 선수들은 한국 진영의 페널티박스로 몰려들었다.

이란 골키퍼는 전방을 향해 롱킥을 날렸다. 이란의 마지막 공격이었다.

하지만 그 공이 지면에 닿기도 전에, 경기 종료를 알리는 심판의 휘슬이 울렸다.

한국의 결승 진출이었다.

*　　　*　　　*

결승전 상대는 오만을 2 대 1로 꺾고 올라온 일본이었다. 민혁이 회귀하기 전엔 오만에게 패배해 3, 4위전으로 내려갔던 일본이지만, 민혁의 영향으로 선수단 구성이 바뀌면서 결승전에 오르게 되었던 것이다.

하루 먼저 열린 3, 4위전은 오만의 승리로 끝났다. 본래의 우승 팀다운 저력이었다.

그렇게 3위와 4위가 결정된 다음 날, 한국과 일본의 결승전이 열렸다.

결승전을 중계하는 취재진 중엔 한국의 방송국에서 나온 사람들도 있었다. 본래 17세 이하 대표 팀의 경기는 공중파 방영을 하지 않던 한국이지만, 대표 팀이 이란과의 경기에서 승리를 거두자 급히 취재진이 파견되었다. 어쩌면 숙적인 일본을 결승전에서 대파할지도 모른다는 기대감이 반영된 결과였다.

'하필이면 KBC라니.'

민혁은 방송 카메라에 달린 KBC 로고를 보고는 인상을 썼다. 과거 KBC 휴먼 히스토리 팀 때문에 곤란을 겪었던 민혁이라 그 로고를 보고 기분이 좋을 리 없었다.

"컨디션 괜찮아?"

"괜찮아요."

"발목은?"

민혁은 제자리에서 두 번 뛰었다. 어차피 약한 타박상이라

이틀 만에 완전히 나았던 데다, 4강이었던 이란전에서도 후반에 잠깐 뛴 게 전부라 지금은 완전히 멀쩡해져 있었다.

양주호의 고개가 끄덕여졌다. 선발 명단을 바꿀 필요는 없어 보였다.

경기 시작 10분 전. 그라운드로 향하는 복도에 나선 민혁을 향해, 180㎝가 넘어 보이는 일본 선수가 다가와 입을 열었다.

"오랜만이다."

"…누구?"

"모리사키다!"

"아……."

민혁은 두 손을 마주치며 그를 보다 당혹을 느끼며 입을 열었다.

"뭐 이렇게 팍 늙었어?"

"……."

모리사키는 부들부들 떨었다. 그렇지 않아도 성장기에 들어서면서 여드름도 생기고 피부도 거칠어져서 신경을 많이 쓰고 있는 터에 그런 말을 들으니 울컥하는 심정이 솟아올랐다.

민혁은 모리사키의 표정을 잠시 살피다 웃으며 말했다.

"아무튼 오랜만이다."

"그, 그래."

"준우승 축하해."

"지난번에 우리가 이겼거든?"

"그땐 나 없었잖아."

모리사키는 입을 닫았다. 그렇지 않아도 그 점이 신경 쓰였던 그였다.

"아무튼 열심히 하자."

민혁은 말을 끝내고 정면을 보았다. 일본어로 떠들어서 같은 팀 선수들을 혼란시킬 이유는 없었다.

모리사키는 미간을 꿈틀하며 고개를 돌렸다. 민혁이 위기감을 느끼고 있지 않다는 사실에 기분이 조금 나빠진 채였다.

일본에 있을 때야 자신보다 훨씬 앞서 있었지만, 지금도 과연 그럴까 하는 생각도 있었다.

"야, 모리사키."

"왜?"

"쟤 잘해?"

모리사키는 동료의 질문에 인상만 썼다. 그러자 그를 대신해, 그의 뒤쪽에 있던 하라구치가 대신 답을 들려주었다.

"감독님이 주의하라고 했던 개잖아. 그램퍼스 주니어에 있을 때 전 일본 대회 득점왕 먹었던 애야."

"미드필더 같은데?"

"그때도 미드필더였어."

일본 선수들은 살짝 놀란 기색을 띠었다. 미드필더가 득점왕을 기록했다는 사실은 꽤나 충격적이었다. 일본 축구계를 지배하고 있는 패스 축구에서는 미드필더의 득점이 한정되는 경향이 있기 때문이었다.

그러던 중, 8번을 달고 있는 선수가 말했다.

"대회 MVP는 모리사키였잖아. 그럼 모리사키보다 못하는 거 아냐?"

"…잘해."

입을 다물고 있던 모리사키가 못마땅한 표정으로 말했다. 인정하고 싶지는 않지만, 기술적인 부분에 한정하면 지금의 자신보다 그때의 민혁이 뛰어남을 알기 때문이었다.

그는 자신을 보는 동료들을 마주 보며 말을 이었다.

"쟤 한국인이라 MVP 못 받은 거야."

일본 청소년대표팀은 순간 긴장에 휩싸였다. 그들도 JFA가 은근한 차별을 하고 있다는 걸 알고 있었고, 때문에 모리사키의 말이 사실일 거라는 생각이 그들의 머릿속에 스며들었다.

그때, 다른 선수들과 달리 검은 유니폼을 입은 선수가 말했다.

"신경 쓰지 마. 내가 다 막을 거니까."

일본의 골키퍼 미즈시마 유스케는 손바닥으로 주먹 쥔 반대편 손을 툭툭 치며 자신 있게 말했다. 미묘한 불안을 느끼던 일본 선수들이 한순간에 평정을 되찾게 만드는 말이었다.

'쟤가 그렇게 잘하나?'

민혁은 시선을 움직여 미즈시마 유스케를 보았다. 흔들리던 일본 청소년대표팀이 순식간에 평정을 찾는 모습이 신기할 정도였다.

그로부터 몇 분 후. 경기장에 입장하라는 사인이 내려왔다.

양 팀 선수들은 복도를 지나 경기장에 발을 들였다.

초반 경기는 팽팽하게 흘러갔다. 본선 조별전에서 패배를 당한 대한민국 대표 팀은 일본의 공격력을 의식하지 않을 수 없었고, 일본 대표 팀은 지난번에 상대하지 못했던 민혁의 존재에 은근히 신경을 쓰고 있었다. 모리사키와 하라구치의 반응도 반응이지만, 민혁의 등번호가 에이스를 뜻하는 10번이라는 것도 그들을 긴장하게 하고 있었다.

탐색전은 약 10분 만에 끝났다. 민혁이 세 명을 돌파하고 중거리를 날린 순간부터 한국의 기세가 올랐기 때문이었다.

그때부터 10분 동안 한국의 일방적인 공격이 이어졌다. 한국이 네 번의 슛을 날리는 동안 일본은 중앙선도 제대로 넘지 못했다. 민혁에게 공이 가기만 하면 한국에게 찬스가 발생하는 바람에, 일본 선수들은 민혁을 견제하느라 공격에 나설 엄두도 내지 못한 탓이었다.

그럼에도 불구하고, 골은 전혀 나오지 않았다.

—아, 일본 골키퍼 또 막아냅니다.

—엄청난 선방이에요. 98년 네덜란드전의 김병지 선수를 보는 것 같습니다.

중계를 나온 KBC 해설진은 탄식을 토했다. 윙어 박준섭의 강력한 슛을 쳐낸 미즈시마의 선방이 빛을 발한 순간이었다.

—정말 잘 찬 슛이고 잘 막은 선방이었습니다. 정말 한국과 네덜란드의 경기를 보는 것 같아요.

—하지만 결국 그 경기는 네덜란드가 이기지 않았습니까?

—네, 그렇습니다. 환상적인 필드플레이어와 환상적인 골키퍼의 싸움에서 필드플레이어가 이긴 경기였죠. 이번 경기도 그렇게 되었으면 하는 바람입니다.

—아, 말씀드리는 순간, 한국이 공격권을 가져왔습니다. 동명 고등학교의 박준섭 선수. 오늘 움직임이 괜찮습니다.

가로챈 공을 이어받은 박준섭은 라인을 따라 공을 몰고 달렸다. 양주호가 심혈을 기울여 구상한 공격 패턴의 실현이었다.

라인을 따라 달리던 박준섭의 패스가 중앙에 있던 김현우를 향했다. 김현우는 그 공을 받자마자 반대편으로 오버래핑을 들어온 김정수에게 공을 넘겼고, 김정수는 원터치 크로스로 페널티박스에 공을 넣었다. 공격수와 골키퍼의 1 대 1 상황을 만드는 완벽한 패스였다.

슛도 완벽했다. 박스 안에서 공을 받은 공격수 이동훈이 왼발로 때린 공은 골문 구석으로 정확히 향했다. 거리와 속도, 그리고 방향 모두 100점 만점에 95점 이상을 줄 수 있는 슛이었다.

하지만 골이 되지는 못했다. 몸을 날린 일본 골키퍼 미즈시마 유스케의 선방이었다.

"와……."

민혁은 혀를 내둘렀다. 저 완벽한 기회가 골키퍼 한 명의 활약으로 날아갔다는 게 그저 놀라울 뿐이었다.

선방이 연거푸 이어지자, 흔들리던 일본 청소년대표팀이 리듬을 찾았다. 기세가 넘어가는 순간이었다.

일본 청소년대표팀은 빠르게 패스를 돌렸다. 한국보다 한 수 위의 패스플레이였다.

모리사키와 하라구치라는 두 명의 공격수는 일본이 애타게 찾던 공격수의 자질을 드러냈다. 지난 A 그룹 예선에서도 보여주었던 강력한 슈팅이 이번에도 성과를 거뒀다. 모리사키의 헤딩 패스를 받은 하라구치의 득점이었다.

―아… 일본 선제골입니다. 일본의 14번 하라구치 와타루, 강력한 왼발 슛으로 득점을 기록합니다.

―제가 방송 10년을 하면서 항상 하는 말이 있지 않습니까? 역습. 역습을 조심해야 한다. 지금 청소년대표팀은 역습에 너무 안이했어요. 이건 슛이 나오기 전에 막았어야 하는 공격이었습니다.

―그래도 아직 전반 25분밖에 지나지 않았습니다. 한국 선수들, 잘해주기를 기원합니다.

KBC 중계진의 탄식이 나올 무렵, 청소년대표팀의 입에서도 탄식이 흘렀다. 그룹 예선에서 4 대 1로 졌던 기억이 떠오르는 순간이었다.

"이러다 지는 거 아냐?"

청소년대표팀은 불안에 휩싸였다. 아무리 민혁이 중원을 지배하고 있어도 득점이 터지지 않으면 의미가 없었다.

"공 나한테 몰아줘."

"어쩌려고?"

"열심히 해야지."

민혁은 말을 끝내고 자리로 돌아갔다. 팀 전체가 공격에 나서면 역습을 얻어맞는 처지라면 한 명의 크랙이 경기를 뒤집는 수밖에 없었다.

"어쩔 거야?"

서로를 보던 청소년대표팀은 어깨를 으쓱하고 자리로 돌아갔다. 아직 결정을 내리지 못한 선수가 대부분이었지만, 그래도 공을 몰아달라는 민혁의 요청에 거부감을 느끼지는 않았다. 민혁의 실력에 대해선 모두들 인정하고 있기 때문이었다.

일본은 수비를 강화해 굳히기에 들어갔다. 선수들의 결정이라기보단 코치진의 주문에 따른 전술 변경이었다. 그룹 예선에서 대승을 거둔 기억이 있던 일본 청소년대표팀은 승기를 잡은 김에 공격을 강화하고 싶어 하는 표정이었지만, 민혁의 플레이에 위기감을 느낀 일본 팀 코치진은 골키퍼 미즈시마 유스케를 믿고 수비를 강화하는 선택을 했다.

하지만 그건 잘못된 판단이었다.

마커가 사라지면서 자유를 얻은 민혁은 크랙으로서의 가능성을 한껏 드러냈다. 가벼운 원투 패스로 수비를 뚫어낸 민혁은 앞을 막는 또 한 명의 수비를 마르세유 룰렛으로 제쳐버렸고, 그러는 사이 앞으로 달려 나온 골키퍼 미즈시마 유스케의 다리 사이를 노리고 공을 밀어 넣었다. 반박자 빠른 토킥(Toe Kick)이었다.

다리 사이를 빠져나간 공은 골망을 흔들었다.

—고오오올! 대한민국의 10번 윤민혁 선수! 동점골을 기록합니다!

—그렇게 뚫리지 않던 일본의 골문이 드디어 열렸습니다. 정말 놀라운 슛이었어요.

—그렇습니다. 언제나 말하지만 강한 슛보다 반박자 빠른 슛이 막기 힘든 법이죠. 정말 저 상황에서 보여줄 수 있는 가장 효과적인 슛이에요. 프로선수들에게도 보여주고 싶을 정도입니다.

일본 팀 감독은 머리를 긁었다. 수비를 강화해도 민혁에겐 마커를 붙여놓는 게 낫다는 걸 뒤늦게 깨달았기 때문이었다.

동점을 만든 한국은 다시 기세를 올렸다. 그룹 예선에서는 페널티킥을 얻어서야 점수를 냈지만 오늘은 필드골을 기록했다는 점에서 한층 더 기분이 고양되어 있었다. 무적으로 보였던 일본 골키퍼 미즈시마 유스케도 평범한 골키퍼란 느낌이

들었던 것이다.

"집중해! 전반 아직 안 끝났어!"

양주호는 선수들을 향해 고함을 질렀다. 막 골을 넣은 직후가 수비가 가장 불안해지는 순간임을 아는 까닭이었다.

선수들은 정신을 차리고 수비에 집중했고, 다시 공격적으로 나오던 일본은 수비 조직을 갖춘 한국의 방어에 막혀 이리저리 공을 돌리다 시간을 전부 다 소모해 버렸다.

전반 종료를 알리는 휘슬이 분 순간, 경기장에 갑자기 세찬 비가 쏟아졌다.

* * *

"비 엄청 내리네요."

장준우는 물이 튀는 그라운드를 보며 혀를 내둘렀다. 그렇지 않아도 그라운드 사정이 그리 좋지 않은 경기장에 비까지 쏟아지면 패스나 드리블에 악영향이 생길 게 분명했다.

한국이 긴 패스 위주의 속공을, 그리고 일본이 짧은 패스 위주의 지공을 주로 한다는 걸 생각하면 한국 측에 유리하다 볼 수도 있지만, 에이스인 민혁이 드리블과 짧은 패스를 전담하고 있음을 생각하면 한국이 더 불리할지도 모르는 일이었다.

양 팀 선수들은 비가 튀는 그라운드를 불안한 표정으로 보고 있었다. 이렇게 비가 쏟아지면 경기가 중단될지도 모른다는 생각을 하는 선수도 있었다. 스콜(Sqall)이라는 현상을 모르기 때문이었다.

그들을 힐끗 본 민혁은 양주호에게 다가가 질문을 던졌다.

"이게 스콜이죠?"

"처음 보냐?"

"감독님도 처음 보는 거 아니에요?"

양주호는 헛기침만 터뜨렸다. 국가대표 경험이 없는지라 외국에 나와본 게 처음이었고, 당연히 스콜도 처음 보는 터였다.

"인마, 그걸 봐야 아냐?"

"근데 왜 처음 보냐고 물어봐요?"

"그냥 말버릇이다. 꼽냐?"

민혁은 어깨만 으쓱했다. 싸울 것도 아닌데 굳이 일일이 지적할 이유는 없었다.

다행히 비는 10분 만에 그쳤다. 하프타임이 채 끝나기도 전이었다.

진흙밭이 된 그라운드는 그 위에 자라난 떡잔디와 어우러져 사람을 환장하게 하는 상태가 되어 있었다. 평소보다 공을 세게 때려도 질퍽한 땅과 잔디에 얽혀 버려 제대로 구르지 않았던 것이다.

"와……."

민혁은 고개를 저었다. 비가 자주 내리는 잉글랜드에서 축구를 했던 민혁이라 웬만한 상황엔 당황하지 않을 자신이 있었지만, 배수시설이 제대로 되어 있지 않은 베트남의 축구장은 민혁을 완전히 당황시켰다.

"드리블을 못 하겠네."

4부 리그 산하 팀과의 경기에서도 이런 그라운드는 경험해 본 기억이 없었다. 그렇지 않아도 떡잔디 때문에 늪에 푹푹 빠지는 느낌이었는데, 거기에 물까지 더해지니 정말 늪에서 축구를 하는 듯한 착각마저 들었다.

그나마 다행인 건, 일본 쪽도 비슷한 반응을 보이고 있다는 점이었다.

후반전은 거의 롱패스 위주의 경기로 이어졌다. 한국과 일본 모두 제대로 된 패스를 하지 못했다. 중앙선 부근까지는 짧은 패스로 이어가더라도 상대방 진영으로 넘어가는 순간 롱패스를 이어가는 식이었는데, 사실상 드리블이 불가능한 그라운드 때문이었다.

그로 인해 경기는 지루하게 흘러갔다. 일본의 롱패스는 높이에 우위가 있는 한국의 수비수를 뚫지 못했고, 한국의 롱패스는 공격수에게 제대로 이어지지 못했다. 공격수들이 이런 진흙밭에서 굴러본 경험이 없다는 게 문제였다.

"이래서야 끝이 없겠는데."

민혁은 그라운드를 슬쩍 만져보며 미간을 좁혔다. 패스고

드리블이고 제대로 안 되는 이상 평범한 플레이로는 결과를 낼 수 없었다.

다른 선수들도 그걸 모르진 않았다. 하지만 이런 그라운드에서는 아무리 노력해도 특별한 상황을 만들 수 없었다. 기대할 수 있는 건 상대 팀 선수의 실수를 이용하는 것뿐이지만, 양 팀 선수들 모두 그라운드의 상황에 긴장해 몸을 잔뜩 웅크리고 있는 터였다.

'그걸 해볼까……'

민혁은 오래된 기억을 끄집어냈다. 그땐 할 수 없었지만 지금은 충분히 가능해 보였다.

공을 잡은 민혁은 지금까지와는 다른 플레이를 시도했다.

민혁의 발이 공중에 뜬 공을 가볍게 쳐 다시 한번 올렸다. 무릎 높이까지 떠오른 공은 다음 스텝에 맞춰 다시 발에 닿았고, 공을 받은 발등은 그것을 다시 허공으로 밀어내고 땅을 박찼다.

민혁이 페널티박스에 진입하는 순간까지, 공은 단 한 번도 그라운드에 닿지 않았다.

—드라간 스토이코비치! 유고슬라비아의 전설 드라간 스토이코비치의 드리블입니다!

KBC 해설진은 경악이 섞인 목소리로 외쳤다. 두 눈으로 보고도 믿을 수 없다는 반응이었다.

민혁은 페널티박스에 진입하자마자 페이크를 섞어 슛을 날렸다. 평소라면 반응했을 미즈시마였으나, 비가 와 질퍽해진 그라운드가 그의 발을 잡아끈 탓에 공을 놓쳐 버렸다.

골키퍼를 훌쩍 넘은 공은 골라인 안에서 데구르르 굴렀다.

2 대 1. 대한민국의 역전이었다.

—역전! 역전골! 대한민국의 윤민혁 선수, 위기에 빠졌던 청소년대표팀을 또 한 번 구해냅니다!

—정말 놀라운 드리블이에요. 믿을 수 없는 장면이었습니다.

캐스터는 한참이나 말을 하지 못하고 있다, 문득 뭔가를 떠올리곤 입을 열었다.

—그러고 보니, 예전 저희 방송국에서 방영했던 다큐멘터리가 있지 않습니까?

—네? 아… 휴먼 히스토리 말이군요.

—그렇습니다. 그 방송에서 윤민혁 선수가 나고야 그램퍼스 주니어에서 축구를 할 때 드라간 스토이코비치에게 기술을 배웠다는 이야기가 있었죠.

—아주 제대로 배운 모양입니다. 드라간 스토이코비치를 보는 줄 알았어요.

해설진은 신나서 떠들어댔다. 승리를 확신하고 있는 듯한 반응이었다.

일본 선수들은 귀신을 본 듯한 표정을 짓고 있었다. 골을 허용한 미즈시마 유스케도 다르지 않았다. 경기 전 보였던 자신감은 어디로 갔는지, 그의 얼굴엔 당황과 허탈만이 맴돌고 있었다.

"괴물……."

일본의 기세는 완전히 꺾였다. 때문인지 그 후로 시도된 역습도 별다른 효과는 나오지 않았고, 경기는 대한민국의 2 대 1 승리로 끝났다. 두 골 모두 민혁이 기록한 득점이었다.

우승을 차지한 선수들은 환호성을 지르며 벤치로 뛰어갔다. 헹가래를 기대했던 양주호는 뒤늦게 진흙 범벅이 된 선수들을 보고는 기겁해 도망쳤다. 하지만 선수들은 포기하지 않고 그를 쫓아 그라운드로 끌고 나와 헹가래를 쳤고, 양주호는 한 벌뿐인 양복이 진흙투성이가 되어버린 것을 탄식하며 눈을 감았다.

시상식은 경기가 끝나자마자 곧바로 이어졌다. 민혁은 대회 MVP는 차지했지만 득점왕엔 실패했다. 고작 1골 차이였음을 생각해 보면 베트남전의 부상으로 일본전에 나오지 못한 게 안타까울 뿐이었다.

모든 절차가 끝난 후, 호텔로 돌아가려는 민혁 앞에 양복을 갖춰 입은 남자가 나타났다.

"잠깐만."

"네?"

"상주 스틸레인(Steel Rain)의 황준영 팀장이다. 윤민혁 선수

맞지?"

"그런데요?"

민혁은 눈을 깜박이며 그를 보았다. 상주 스틸레인이라면 K리그의 명문 팀이자, 이 대회에 출전한 선수들 세 명을 육성하고 있는 구단이었다.

자신보다는 소속된 선수들을 격려하는 게 맞지 않을까.

민혁이 그런 생각을 하고 있을 때, 황준영이 명함을 내밀며 말했다.

"아스날에서 뛰고 있다며?"

"네."

"외국에서 적응하기 힘들지 않아?"

"벌써 몇 년이나 뛰고 있어서 힘든 건 없는데요."

대답을 들은 황준영은 눈썹을 꿈틀했다. 생각했던 것과 다른 반응이었다.

그는 손가락으로 이마를 툭툭 치며 생각에 잠겼다. 이런 상황은 생각하지 못했던 터라 다소 당황스러웠지만, 그래도 윗사람의 지시를 받았으니 이대로 물러날 순 없었다.

고민하던 그는 단도직입적으로 본론을 꺼냈다.

"스틸레인으로 오면 K리그 신인 최고 연봉을 약속해 주마."

"네?"

"내년부터 드래프트가 없어질 예정이라 너만 동의하면 스틸레인에 바로 입단할 수 있어. 5년 계약에 사인만 하면 3년 뒤 1군 데뷔에 연봉 3,000만 원을 보장해 주마."

민혁은 그를 위아래로 훑어본 후 단호히 말했다.

"관심 없어요."

"뭐?"

"관심 없다고요."

민혁은 그 말을 끝으로 몸을 돌렸다. 당황해 버린 황준영은 민혁이 사라질 때까지 굳어 있다, 민혁의 모습이 사라진 후에야 정신을 차리고 이를 갈았다.

"저, 저 건방진 새끼가……."

황준영은 입을 뻐끔거렸다.

1999년 K리그 최고 연봉자가 받는 액수가 5,400만 원이었다. 비록 3년 뒤라고는 해도 신인에게 3,000만 원의 연봉을 제시했다는 건 너무 후하지 않나 싶을 정도의 금액이거늘, 민혁은 일말의 고려도 하지 않겠다는 태도를 보인 것이다.

하지만 민혁으로서는 당연히 무시할 제안이었다. 아스날에서 상주 스틸레인으로 간다는 것 자체도 고려할 만한 제안이 아닌 데다, 연봉 3,000만 원이면 지금 받는 유소년 계약과 비교해도 딱히 좋을 게 없었다.

최소한 그 50배는 제안해야 고민을 하는 척이라도 할 게 아닌가.

"와, 씨발. 내가 저런 어린놈한테 무시를 당해?"

황준영은 넥타이를 풀어 헤치며 욕설을 뱉었다. 스틸레인의 팀장이 된 이래 이런 개무시는 처음이었다. KFA의 간부들도 자신에겐 한 수 접어주는 경험만 했던 그로서는 치욕마저 느끼는 순간이었다.

"이 어린놈의 새끼, 어디 네가 이렇게 굴고도 잘되나 보자."

울분을 터뜨린 그는 핸드폰을 꺼내 어딘가로 전화를 걸었다.

* * *

AFC 대회 우승 팀인 대한민국은 2001년 FIFA 17세 이하 월드컵에 출전할 자격을 얻었다.

하지만 대회 우승 주역인 민혁은 2001년 열린 17세 이하 월드컵에 출전하지 못했다. 국가대표팀이 유럽 강팀들과의 친선전에서 5 대 0이라는 대패를 연거푸 기록하면서 여론의 관심이 모두 그쪽으로 쏠리자, 위기를 벗어난 축구협회 간부가 자기 라인에 속한 선수들을 청소년 대표로 밀어 넣은 까닭이었다.

거기엔 제안을 거절한 민혁에 대한 황준영의 앙심도 들어 있었다. 그의 협력이 없었다면 아무리 축구협회 간부라도 민혁을 대표 팀에서 배제할 수는 없었으리라.

그렇게 진행된 17세 이하 월드컵에서, 민혁이 빠진 17세 이하 대표 팀은 아르헨티나와 스페인, 그리고 미국을 만나 3경기 전패라는 기록으로 대회를 마감했다.

"꼴좋다."

민혁은 인터넷을 뒤져보며 어깨를 으쓱했다. 같이 뛰었던 청소년대표팀 선수들과 코치진에겐 미안한 말이지만, 왠지 밥이 꿀맛일 것 같은 느낌이었다.

하지만 아쉬움은 남아 있었다.

"나갔으면 이니에스타랑도 한번 붙어보는 거였는데."

UEFA 유스 리그가 열리기 전인 지금으로서는 타 리그의 유망주들을 만날 기회가 없었다. 가끔 친선경기를 통해 만나는 정도가 고작이지만, 그것도 양 팀 1군의 친선경기가 이루어질 때나 가능한 이야기라 바르셀로나에 있는 이니에스타와 만난 적이 없었다.

만약 17세 이하 월드컵에 참여했다면 스페인 대표로 나섰을 이니에스타와도 만났을 테고, 그렇다면 지금 자신의 실력이 유럽 무대에서 어느 정도 수준인지도 판단할 수 있을 터였다.

하지만 이미 지나간 일이다.

혼잣말로 아쉬움을 토로하던 민혁은 시계를 힐끗 보았다. 아침 7시 25분. 슬슬 학교에 가야 할 시간이었다.

민혁은 자리에서 일어나 책가방을 챙겨 학교로 향했다. 워크 퍼밋을 발급받아 정식계약까지 한 지금 학업을 계속할 필요는 없었지만, 그래도 나중을 생각하면 공부는 해두는 게 좋았다.

그렇게 한 해가 또 지나고, 새로운 해가 찾아왔다.

월드컵이 열리는 2002년이었다.

『인생 2회 차, 축구의 신』 4권에 계속…